Doris Gercke

Versteckt

ab 8

ELEFANTEN PRESS Kinderbücher
herausgegeben von Gabriele Dietz

Umschlag: Hanno Rink
Satz: Eigensatz
Belichtung: MSP Satz + Grafik, Berlin
Druck und Bindung: Grafische Werkstatt von 1980 GmbH, Kassel

EP 430
Printed in the Federal Republic of Germany
ISBN 3-88520-430-4

ELEFANTEN PRESS
Postfach 360 440, W-1000 Berlin 36
Am Treptower Park 28–30, O-1193 Berlin

Die Deutsche Bibliothek – CIP-Einheitsaufnahme
Gercke, Doris:
Versteckt : [Kinderkrimi] / Doris Gercke. – Berlin : Elefanten Press, 1992
(EP ; 430)
ISBN 3-88520-430-4
NE: GT

Doris Gercke

VERSTECKT

Kinderkrimi

ELEFANTEN PRESS

Ferien

Wenn die Sonne scheint, die Fenster des Klassenzimmers weit geöffnet sind, in der Kastanie vor dem Fenster eine Amsel singt und die Lehrerin eine Geschichte vorliest – was ist dann? Was kann dann nur sein? Na klar, der letzte Schultag vor den Sommerferien.

»Die letzte Stunde des letzten Schultags«, würde David sagen, wenn wir ihn gefragt hätten, und an seiner Antwort würdet ihr erkannt haben, was für ein gründlicher Bursche er ist. Aber wir haben ihn nicht gefragt. Und so sitzt er ungefragt in der letzten Reihe und versucht, der Geschichte zuzuhören, die Frau Perlgruber der Klasse vorliest. Einfach ist das nicht, denn die warme Sommerluft, die von draußen hereinkommt, hat ihn gerade daran denken lassen, daß er in den nächsten sechs Wochen jeden Tag zum Schwimmen gehen könnte. Er beginnt zu überlegen, ob er vielleicht ein Buch mit auf die Luftmatratze nehmen sollte. Wahrscheinlich nicht. Rechtzeitig fällt ihm ein, daß das Lesen im Wasser schon deshalb nicht klappen wird, weil er in wenigen Minuten mit dem größten Wassertober aller Zeiten gemeinsam in Urlaub fährt.

David wendet den Kopf nach rechts und sieht den Jungen neben sich aufmerksam an. Da sitzt er, Jonnie, der größte Wassertober aller Zeiten. Zufällig macht er mal gerade keinen Blödsinn. Er sitzt da, mucksmäuschenstill, und horcht. Nicht auf die Geschichte von Frau Perlgruber horcht er, das sieht David sofort. Er horcht nach draußen. Die Augen der Jungen treffen sich. Ist schon etwas zu hören?

Vorsichtig schüttelt Jonnie den Kopf. Er verzieht dabei sein Gesicht, und das sieht, zusammen mit den grünen Strähnen in seinen Haaren, so lustig aus, daß David lachen muß. Jonnie ist nicht nur ein großer Wassertober, er kann auch ein großer Quatschmacher sein. Natürlich hat Frau Perlgruber Davids Kichern gehört. Sie sieht über den Rand des Buches zu David hinüber. »Noch zehn Minuten, David«, sagt sie. »Die wirst du doch wohl noch aushalten können.«

Frau Perlgruber ist in Ordnung. Es tut David leid, daß er sie gestört hat. Und so bemüht er sich, ein ernstes Gesicht zu machen und nicht zu Jonnie hinüberzusehen.

David und Jonnie sind verwandt. Jonnies Vater ist ein Neffe von Davids Vater. Deshalb sind die beiden Jungen Neffe und Onkel zweiten Grades. Außerdem sind sie gleich alt, oder besser: fast gleich alt, denn David, der Onkel, ist eine halbe Stunde früher geboren als Jonnie, der Neffe. Und auch wenn sie nicht zusammen wohnen, kennen sie sich eigentlich vom ersten Tag ihres Lebens an. Jeder kennt die Vorlieben und die Launen des anderen, und sie haben gelernt, sich so zu mögen, wie sie sind. Und jetzt werden sie gleich zusammen in die Ferien fahren. Das ist der Grund, weshalb Jonnie nicht auf die Geschichte von Frau Perlgruber hört, sondern auf die Geräusche, die von der Straße durch das offene Fenster hereindringen. Er lauscht auf Motorgeräusche, die er ganz genau kennt, auf das Auto seiner Großmutter nämlich. Seine Großmutter ist natürlich die Tante von David. Aber weder nennt Jonnie sie »Großmutter« noch nennt David sie »Tante«. Die Person, die da unten jetzt mit ihrem kleinen, roten Flitzer heranbraust und dreimal laut hupt, ist für die Jungen einfach »Klara«.

Beide haben den Wagen kommen hören. David sieht schnell hinüber zu Jonnie. Draußen ertönt die Hupe, und es gelingt ihm gerade noch, Jonnie am Ärmel festzuhalten, bevor er losrennt. Es rumpelt ein wenig, weil Jonnie gegen seine Schulmappe getreten ist und die Federtasche mit einem Schwung auf dem Fußboden landet, aber genau in diesem Augenblick klingt der Gong durch das Schulgebäude, und das Gesicht von Frau Perlgruber, die den Kopf schon erhoben hatte, um wieder strafend in eine bestimmte Richtung zu sehen, verzieht sich zu einem großen Lächeln.

»Nun haut schon ab«, sagt sie.

Und nicht nur David und Jonnie, sondern die ganze Klasse drängt sich mit Gebrüll und Geschubse aus dem Klassenzimmer.

Frau Perlgruber geht ans Fenster. Auf der Straße vor dem Schulhof steht Klaras roter Flitzer. Sie sieht, daß Klara aussteigt und sich an den Eingang zum Schulhof stellt. Von oben ist zu erkennen, daß auf dem Vordersitz zwei dicke Reisetaschen untergebracht sind. Auf dem Boden davor steht ein Picknickkorb. Und dann sieht sie Jonnie und David auf die Frau losstürmen und sie beinahe umreißen. Natürlich sind die Jungen kleiner als Klara, aber von oben sehen die drei fast gleich groß aus. Und während Frau Perlgruber das Fenster schließt, wirft sie einen letzten Blick auf die drei Köpfe da unten. Grau: das ist Klara, grün: das ist Jonnie, und hellblond: David.

Unterwegs

»Es waren zwei Königskinder, die hatten einander so lieb. –«

Klara schmettert, so laut sie kann, und die Jungen hören begeistert zu. Klara singt immer im Auto, wenn sie nicht gerade irgendeine merkwürdige Geschichte erzählt oder Brötchen ißt. Die Lieder, die sie singt, sind manchmal ein bißchen altmodisch. Einige singt niemand außer Klara. Aber es macht Spaß, ihr zuzuhören. Es macht auch Spaß, mit heruntergeklapptem Verdeck zu fahren.

»Läßt du das Verdeck offen, Klara?« war das erste, was die Jungen gesagt hatten, als die Begrüßung vor der Schule vorbei war.

»Ich sollte es eigentlich zumachen«, hat Klara geantwortet. »Als ich eure Reisetaschen abgeholt habe, hat irgendeine von euren Müttern gesagt, es wäre besser, wenn ich es zumachte. Ich hab' jetzt bloß vergessen, welche es war«, sagt sie und grinst über das ganze Gesicht.

»Meine war es bestimmt nicht«, sagt Jonnie.

»Meine erst recht nicht«, ruft David, »ich darf immer mit offenem Verdeck fahren!«

»Na dann«, sagt Klara, »dann wickelt euch mal die Schals um, Jungens.«

Die Schals liegen auf dem Rücksitz. Und nun fahren sie mit flatternden Schals und der singenden Klara über die Landstraße. Die hat übrigens gerade wieder ein neues Lied angefangen:

»Wenn ich nicht solchen Hunger hätte,
dann ging's mir wunderbar.
Dann bliebe ich in meinem Bette,
wohl an die hundert Jahr.
Doch ich brauch' Frikadellen,
sonst geht es mir nicht gut –«

»Picknick, Picknick«, rufen die Jungen. Und David hat schon einen Feldweg ausgemacht, so daß Klara bremst, nach rechts abbiegt und den Wagen unter einer Weide anhält. Während sie am Wegrand eine Decke ausbreitet und den Picknickkorb auspackt, untersuchen die Jungen den Bach, der neben dem Weg durch die Felder fließt. Aber lange hält es sie nicht da unten.

»Keine Mettwurstbrote?« fragt David.

»Keine Mettwurstbrote«, antwortet Klara, »und kein Ketchup.«

»Und wieso kein Ketchup?« fragt Jonnie.

»Ketchup ist Zucker, und Zucker ist ungesund.«

Das wissen die Jungen natürlich.

»War ja nur 'ne Frage«, erklärt David und sieht zufrieden auf den kleinen Berg Frikadellen in der Mitte der Decke. Eine Weile ist es ruhig. Die drei sind mit Essen beschäftigt.

»Meinetwegen können wir hierbleiben«, sagt Jonnie schließlich.

Er hat den Becher mit dem Obstsalat ausgelöffelt, liegt auf dem Rücken und sieht hinauf in die Zweige einer Weide. Irgendein Vogel turnt da oben herum, und wenn der Wind die Zweige bewegt, kann man den Himmel sehen. Der ist sehr weit weg und sehr blau.

»Du spinnst wohl. Und wo sollen wir hier schwimmen gehen? Und wo willst du hier schlafen, wenn es dunkel wird?«

»Ich mein' ja nur«, antwortet Jonnie.

Er weiß natürlich, daß David recht hat. Es war nur grade so schön, auf der Decke zu liegen und in den Himmel zu sehen. In Wirklichkeit freut er sich natürlich auch auf das alte Haus, in dem David und er ihre Zimmer haben, und auf den ganzen Kram, der sich angesammelt hat, seit ihre Eltern, Klara und ein paar Freunde das Haus gemeinsam gekauft haben. Mit einem kleinen Seufzer rollt Jonnie sich von der Decke und folgt David in den Graben. Während Klara den Picknickkorb einräumt und die Decke zusammenlegt, versuchen die beiden, ein paar Stichlinge zu erwischen, bis Klara zum Aufbruch ruft. Ihre Hosen sind noch einigermaßen trocken, als sie weiterfahren.

»Was glaubst du«, fragt David, »ob sie heute noch mit uns zum Baden fährt?«

»Können wir doch immer noch. Ich will erst mal mein Zimmer umräumen.«

Dann ist es ruhig. David denkt darüber nach, wie er seine Bücher so aufbauen kann, daß Max sie nicht ständig durcheinanderbringt. Max ist sein kleiner Bruder, mit dem er das Zimmer teilt und der irgendwann mit den Eltern nachkommen wird. Dieser Max ist ein netter, kleiner Kerl, und er wäre noch netter, denkt David, wenn er nicht dauernd in meinen Sachen herumwühlen würde. Jonnie überlegt, ob er den oberen oder den unteren Teil seines Hochbetts besetzen soll, damit dieser Andris gleich weiß, wo er hingehört.

Jonnies Eltern leben nicht zusammen. Er hat ein Zimmer bei seinem Vater und ein Zimmer bei seiner Mutter. Weil er keine Geschwister hat, ist er nicht daran gewöhnt, sein Zimmer mit irgendjemand zu teilen. Diesmal aber soll Andris eine Zeitlang bei ihm wohnen, der Sohn eines Freundes von Klara. Andris und sein Vater kommen nach, weil sie sich ein Zimmer in dem alten Haus ausbauen wollen. Und bis das Zimmer fertig ist, wird Andris in Jonnies Zimmer schlafen. Jonnie weiß nicht, ob er das gut oder schlecht finden soll.

Die Jungen denken nach, und Klara singt. Dann sehen sie das Dorf, den Kirchturm und ihr Haus am Dorfrand. Endlich sind sie da.

Heimlicher Besuch

Das Auto hält vor der Tür. Niemand denkt daran, das Gepäck auszuladen. Klara läuft durch den Vorgarten. Die Jungen hören sie schreien: »Läuse, alles voller Läuse!«

Aber Klaras Läuse sind ihnen egal. Sie laufen um das Haus herum, reißen Stalltüren auf, in denen anstatt Schweinen oder Hühnern ihr Spielzeug aufgestapelt ist, suchen und finden das Indianerzelt vom letzten Sommer. Es ist so festgeklemmt zwischen Fahrrädern, daß sie Klaras Hilfe brauchen. Also zurück auf den Hof. Da stehen unter dem alten Walnußbaum der Tisch und die Stühle. Die Sonne scheint durch die hellgrünen Blätter und malt Muster auf die Tischplatte. An diesem Tisch haben sie in den letzten Ferien viele Abende gesessen und Mensch-ärger-dich-nicht gespielt.

»Klara«, ruft David, »Klara, wollen wir nicht Mensch-ärger-dich-nicht spielen?«

Klara ist nicht zu sehen, bis sich plötzlich die gelben Blumen am Zaun teilen und sie daraus hervorkommt. Die Blumen sind höher als sie. Sie hat ein paar abgebrochen und sich die Blüten hinter die Ohren gesteckt.

»Das könnte euch so passen. Erst will ich den Garten untersuchen. Hat jemand von den Herren vielleicht schon mal nach den Erdbeeren gesehen?«

Alle drei gehen nun hinters Haus, um nachzusehen, ob es Erdbeeren gibt. Hier hinter dem Haus liegt der Holzplatz unter den Apfelbäumen. Jonnie bleibt einen Augenblick zurück und tut so, als versuche er, einen handlichen Stock zwischen dem aufgestapelten Holz zu finden. Aber eigentlich ist er nur stehengeblieben, weil es zwischen den Holzstößen so wunderbar riecht. Und ganz ruhig ist es hier, trotz der Vogelstimmen im Apfelbaum.

»Komm, los, hier sind Erdbeeren, massenhaft.«

Das ist David, und Jonnie rennt hinüber zum Erdbeerbeet und vergißt die Stille und den Geruch von Holz und die Vogelstimmen beim Anblick der dunkelroten Früchte. Er hockt sich hin und beginnt zu essen, schnell, um Davids Vorsprung aufzuholen. Neben ihm sitzt Klara und jammert.

»Nein, die ganze Arbeit. Ich muß unbedingt Marmelade kochen. Und die Läuse. Was mach' ich bloß gegen die Läuse? Am besten, ihr eßt alles auf, dann ist das Problem schon mal erledigt.«

»Die Läuse sollen wir aufessen?« fragt David scheinheilig.

»Na klar«, antwortet Klara ganz ernst.

Drüben am Zaun ist jetzt der Nachbar aufgetaucht. Klara geht hinüber, um ihn zu begrüßen, und die Jungen folgen ihr. Sie erinnern sich gut daran, wie herrlich die Stachelbeeren geschmeckt haben, die ihnen der Nachbar im letzten Sommer geschenkt hat. Er ist ein freundlicher, alter Mann, der ganz allein in seinem Haus wohnt und jeden Sommer Mühe hat, die vielen Früchte zu verschenken, die in seinem Garten wachsen.

»Na, da seid ihr ja wieder. Ihr seid aber tüchtig groß geworden«, sagt er zur Begrüßung.

Und David, lustig vom Erdbeerenessen und von der Sonne und von der Aussicht auf einen langen, schönen Sommer ohne Schule und ohne Klopperei auf dem Schulhof, antwortet:

»Ja, ja. Sie sind aber auch mächtig alt geworden«, und lachend laufen die Jungen weg. Klara trifft sie wenig später im Hof unter dem Walnußbaum, wo sie beratschlagen, was sie als erstes unternehmen werden.

»Zuerst packen wir mal aus«, kommandiert Klara in diesem Ton, der keine Widerrede duldet. Ohne Murren gehen die beiden zum Auto.

David und Jonnie schnappen sich ihre Reisetaschen. Klara schließt ihnen die Haustür auf. Die Jungen verschwinden in ihren Zimmern.

»Angeln«, ruft Jonnie über den Hausflur, »wir könnten auch angeln gehen.«

»Und die ekligen Würmer, wer soll die anmachen? Klara doch nicht. Und die anderen sind noch nicht hier.«

David denkt immer praktisch. Er weiß, daß Klara sich weigern würde, Würmer aufzuspießen. Er selbst findet das auch ziemlich eklig. Eigentlich hat er erwartet, daß Jonnie sich sofort bereit erklären würde, diesen Teil der Angelei zu übernehmen. Aber Jonnie antwortet nicht.

Na gut, denkt David, das klären wir später.

Er beginnt, seine Tasche auszupacken. Plötzlich fällt ihm ein, daß er während der letzten Ferien von Klaras Herzensfreund Franz einen großen Pullover geschenkt bekam, aus dem seine Mutter ihm ein Robin-Hood-Kostüm genäht hat. Das möchte er jetzt unbedingt anziehen. Er beginnt, im Regal zu suchen. Nichts. Auch in der Wäschetruhe neben Max' Bett findet er das Kostüm nicht. Er setzt sich auf sein Bett und beginnt zu überlegen, während seine Augen durch das Zimmer wandern, um vielleicht doch noch irgendwo einen Zipfel des Pullovers zu entdecken. Und dann fällt ihm auf, daß es im Haus ganz still geworden ist. Klara läuft nicht mehr mit Tüten und Taschen durchs Haus. Er hat gehört, daß sie die Treppe zu ihrem Zimmer hinaufgestiegen ist. Wieso bleibt sie da oben und rührt sich nicht? Und Jonnie? Weshalb hat er eben nicht geantwortet? Sind sie eingeschlafen?

David ruft: »Jonnie? Klara?«

Als niemand antwortet, rutscht er vom Bett, geht durch sein Zimmer, über den Flur und betritt das Zimmer von Jonnie. In der Tür bleibt er stehen. Im Haus ist es noch immer ganz still. Jonnie sitzt im Schneidersitz oben auf seinem Hochbett, hat die Arme auf die Knie gestützt und den Kopf in die Hände gelegt. Er denkt nach. Jetzt hebt er den Kopf, sieht David in der Tür und sagt:

»Ein Wunder, ich glaube, es ist ein Wunder geschehen.«

Nun weiß David, daß Jonnie manchmal merkwürdige Sachen sagt, wenn er längere Zeit gegrübelt hat, besonders, wenn er in dieser Haltung auf dem Bett sitzt. Aber auf einmal kommt es ihm so vor, als ob Jonnies Wunder mit seinem verschwundenen Robin-Hood-Kostüm zusammenhängen könnte. Deshalb sagt er nicht einfach »Quatsch« wie sonst, sondern er bleibt ruhig an der Tür stehen und wartet, daß Jonnie das Wunder vielleicht näher beschreibt.

»Ich weiß ganz genau, ganz, ganz, ganz, ganz, ganz genau, daß ich das Glas mit dem ausländischen Geld oben auf den Schrank gestellt habe, als ich das letzte Mal hier war. Und nun steht es neben meinem Bett auf dem Nachttisch.«

»Na und? Wo soll da das Wunder sein?«

»Ach, du glaubst wohl, daß ein Glas mit Geld allein vom Schrank klettert, was? Für jemand, der bald in die dritte Klasse geht, bist du ziemlich kindisch.«

»Und wenn ich dir nun sagen würde, das Wunder hat mein Robin-Hood-Kostüm gefressen, wäre ich dann auch kindisch? Es ist weg. Vielleicht erklärst du mir, wo es ist? Oder liegt es es neben deinem Wunder-Glas auf dem Nachttisch?«

Jonnie gibt seine Denkerhaltung auf und zeigt hinüber zum Nachttisch.

»Nee, da liegt nichts.«

Ob vielleicht –

»Klara«, rufen beide zugleich. Jonnie springt vom Bett, David läuft schon die Treppe hinauf.

»Klara, wir haben beim letzten Mal selbst aufgeräumt. Es war abgemacht, daß niemand in unsere Zimmer geht. Du hattest es versprochen.«

»Ich finde das nicht fair«, meckert Jonnie schon auf der Treppe. »Immer müssen wir nur was einhalten, nie die Erwachsenen. Niemand durfte in mein Zimmer gehen.«

Dann stehen die beiden vor Klara. Die sitzt, merkwürdig genug, auf dem Fußboden und starrt auf den Seegrasteppich.

»Rührt euch nicht von der Stelle«, sagt sie leise, »ich muß etwas untersuchen.«

Sie steht auf. In der Hand hält sie ein Stück braunes Zeug, das aussieht wie hartgetrocknete Erde. Sie verläßt das Zimmer, kommt aber gleich darauf wieder zurück.

»Es war jemand hier«, sagt sie.

»Auf der Treppe habe ich mir noch nichts dabei gedacht, bei den Erdklumpen, meine ich. Dann habe ich die Fenster aufgemacht, um die Decken zum Lüften rauszuhängen. Da hab' ich gemerkt, daß die bunte Wolldecke weg ist. Es fehlt auch eins von den alten Kissen, die wir von Uroma bekommen haben. Ob sonst noch etwas fehlt, kann ich nicht feststellen. Ich war zu lange nicht mehr hier. Aber diese Erdklumpen hier, das könnte ein Hinweis sein.«

»Mein Robin-Hood-Kostüm ist auch weg«, sagt David.

»Und mein Glas mit den Geldstücken ist von allein vom Schrank auf den Nachttisch geflogen.«

»Na, von allein dann wohl nicht«, sagt Klara.

Einen Augenblick sehen sich die drei ratlos an. Klara hält noch immer den Erdklumpen auf der offenen Handfläche. Vorsichtig legt sie ihn auf die Kante ihres Schreibtisches. »Kommt, wir gehen das Haus ansehen. Vielleicht fehlen noch mehr Dinge. Oder es gibt irgendwo einen Hinweis darauf, wer hier gewesen sein könnte.«

Ruhig und aufmerksam steigen die Jungen vor Klara die Treppe hinunter. Auf den Treppenstufen sehen sie nun Spuren von brauner Erde, die ihnen beim Hinauflaufen nicht aufgefallen waren.

»Zuerst in den Keller«, kommandiert Klara.

Sie lassen sie vorangehen. Im Keller sind sie nicht gern. Nicht etwa, weil sie sich nicht trauen würden. Nein, kein Gedanke. Aber es riecht dort so muffig, denn der Keller ist feucht, weil noch niemand Zeit gefunden hat, ihn gründlich trockenzulegen. Außerdem war vor Jahren, als sie das Haus bezogen haben, im Keller der Mäusetanzplatz. Manchmal kamen die Mäuse nachts sogar die Kellertreppe hoch, und man konnte sie hin- und herflitzen hören. Bei Jonnie im Zimmer hatte sogar morgens mal eine auf der Gardinenstange gesessen. Franz hatte sie gefangen und nach draußen gesetzt. Und alle waren der Meinung gewesen, sie wäre zum Kellerfenster wieder hereingekommen. Mittlerweile gibt es schon seit langem keine Mäuse mehr im Keller. Das wissen die Jungen. Aber selbst jetzt noch, als sie hinter Klara die Kellertreppe hinabsteigen, haben sie ein komisches, kribbelndes Gefühl an den Beinen, fast so, als ob Mäuse daran hochkrabbelten.

Es gibt im Keller nur eine Glühbirne, die verstaubt und trübe an einem nackten Kabel von der Decke hängt. Mäuse laufen nicht herum, aber schwankende Schatten, dunkle Ecken und haufenweise Gerümpel, bei dem sie in dem düsteren Licht nicht genau erkennen können, woraus es besteht, davon gibt's genug.

Die Jungen bleiben am Fuß der Treppe stehen. Klara geht weiter, sucht und findet eine Taschenlampe und beginnt, den Keller zu untersuchen. Sofort fängt sie an zu jammern. »Nein, wie sieht es hier aus! Wann wird hier endlich mal gründlich aufgeräumt? Aber wartet, diesen Sommer geht's los. Wehe, es drückt sich einer.«

Das kennen die Jungen schon. Und es interessiert sie überhaupt nicht, was die Erwachsenen mit ihrem Keller machen. Sie wollen wissen, ob es Hinweise gibt.

»Siehst du was? Hast du eine Spur?«

Eine Spur, das ist das richtige Wort. Es ist David eingefallen, und er reckt sich ein wenig. Schließlich ist es eine wichtige Sache, hinter der sie her sind.

»Es fehlen mehrere Marmeladengläser«, hören sie Klara murmeln. Die Jungen sehen sich an.

»Und? Was noch?«

»Keine Ahnung.«

Sie sehen Klara, das heißt, eher den Schein ihrer Taschenlampe ein paar Meter von ihnen entfernt an den Wänden entlanghuschen. Der Lichtkegel fährt über ein Regal und leuchtet in die finstere Höhle eines offenen Schranks. Gespannt sehen die Jungen ihr zu.

Klara kommt, vorsichtig ihre Beine über Gerümpel setzend, aus dem Dunkel hervor. Sie bleibt neben den beiden an der Kellertreppe stehen und knipst die Taschenlampe aus. Im Licht der Glühbirne sind deutlich ein paar Spinnweben zu sehen, die sich in ihren Haaren verfangen haben.

»Hier ist so eine Unordnung, daß ich nicht feststellen kann, ob sonst noch etwas fehlt.«

»Woher willst du denn wissen, daß Marmelade weg ist?«

»Na, woher wohl? Denkt mal nach.«

Sie steigen zusammen die Kellertreppe hoch.

»Du hast die Gläser gezählt«, sagt David, aber im gleichen Augenblick weiß er schon, daß das falsch ist. Klara ist nicht so eine, die Gläser zählt.

»Quatsch«, sagen denn auch Jonnie und Klara wie aus einem Mund. Und Klara fügt hinzu: »Also, dolle Detektive seid ihr nicht.«

Aber im gleichen Augenblick rufen beide Jungen: »die Ränder«, und alle drei lachen.

»Da seht ihr, wozu es gut ist, wenn man nicht dauernd saubermacht«, sagt Klara, denn auch sie hat den Rand gesehen, der auf der Fensterbank zurückgeblieben ist, als sie einen halbvertrockneten Blumentopf hochnimmt, um ihn in den Hof zu stellen.

»Drei Gläser fehlen«, sagt sie. »Und ganz hinten in der Ecke ist das Mäusegitter vom Kellerfenster abgenommen worden.«

»Da ist er rein«, sagt Jonnie.

»Er? Wieso er?«

Na klar. Das kennen sie auch schon. Klara hat einen Frauentick. Meistens hat sie ja auch recht damit. Aber in diesem Fall hat sie bestimmt unrecht. Davon sind beide überzeugt.

»Und wenn es nun jemand von den anderen gewesen ist?«

Die anderen, damit meint Jonnie die anderen Erwachsenen: seinen Vater, Davids Eltern, Klaras Herzensfreund, die rote Sibylle, die blonde Marie und Pavel, den Vater von Andris, die alle einen Schlüssel für das Haus haben, das ihnen gemeinsam gehört.

»Ich hab' alle angerufen, bevor wir hergefahren sind«, antwortet Klara.

»Die letzte, die hier war, ist Marie gewesen. Und das war vor drei Monaten.«

»Und weshalb sollte Marie Marmelade klauen?«

»Und mein Robin-Hood-Kostüm anziehen? Nein, die war's nicht. – Man könnte eine Spurenkartei anlegen.«

Typisch David, denkt Jonnie. Kaum sind wir aus der Schule raus, fängt er schon wieder an zu kritzeln. Und so ähnlich sagt er es jetzt auch.

»Das mach du mal. Und vergiß nicht, deine eigenen Spuren mit einzutragen.«

Dabei zeigt er auf einen dicken, staubigen Abdruck, den Davids Schuhe auf dem Küchenfußboden hinterlassen haben.

»Ich hab' jedenfalls erst mal genug von der Kritzelei. Ich hab' Ferien. Und woher willst du überhaupt wissen, daß wir noch mehr Spuren finden? So lohnt sich das doch gar nicht.«

»War ja nur so eine Idee.«

David beschließt, die Spurenkartei heimlich anzulegen. Er hat die Sache mit dem Spureneintragen bei Kalle Blomquist gelesen, und er hat Kalle deshalb mächtig bewundert. Aber dazu kommt er dann doch nicht. Klara schlägt vor, die ganze Sache erst einmal zu vergessen und zum Baden zu fahren.

Die Junge sind einverstanden. Wenig später springt Jonnie vom Dreier, Klara liegt in der Sonne, und David zieht ruhig seine Bahnen.

Später, bevor sie schlafen gehen, sitzen sie im Garten unter dem Kirschbaum, der so alt ist, daß er keine Früchte mehr trägt, und der trotzdem nicht abgeschlagen wird, weil er so ein schönes Dach bildet.

»An so einem Sommerabend kann man unmöglich ins Bett gehen«, hat Klara verkündet. »Das ist ein Abend für Geschichten.«

Sie haben ein Windlicht auf den Tisch gestellt und sehen zu, wie hin und wieder ein Nachtfalter verbrennt, während Klara eine lange Geschichte erzählt. Eine Geschichte von zwei Jungen, die fliegen können und die, als sie in Gefahr geraten, von einem Mädchen gerettet werden. Es ist eine dieser Klara-Geschichten, möglich und doch wieder unmöglich.

Erst sehr spät, als schon ein schmales Stück Mond am Himmel zu sehen ist, gehen sie schlafen. Weder sie noch Klara haben den Jungen gesehen, der im Schutz der Dunkelheit hinter dem Zaun gesessen und zugehört hat. Jetzt, nachdem die drei den Platz unter dem Kirschbaum verlassen haben und ins Haus gegangen sind, steht er auf und wandert über die Wiese auf den Wald zu; ein schmaler, einsamer Schatten im Mondlicht.

Im Wald

Es gibt nichts Schöneres, als am ersten Sommermorgen in den Ferien zu erwachen, die Sonne über der Wiese zu sehen und statt des Autolärms die Lerchen über den Feldern zu hören. Man kann liegenbleiben oder aufstehen, jedenfalls das tun, wozu man Lust hat. Jonnie hat Lust nachzudenken. Er setzt sich auf. Im Haus ist es noch ruhig. Nur die Vögel draußen sind zu hören. Er weiß, daß es Lerchen sind, die da singen. Lerchen haben ihre Nester auf der Erde. Im letzten Jahr haben sie mehrere gefunden. Wie die Alten aufgeregt versucht haben, sie wegzulocken! Jetzt sind sie nicht zu sehen, weil sie hoch in der Luft stehen.

Wenn sie eine Weile in der Luft gestanden haben, denkt Jonnie, und die Erde hat sich inzwischen gedreht, wie kommt es dann eigentlich, daß sie ihr Nest wiederfinden? Vielleicht dreht sie sich ganz langsam? Man müßte ein Experiment machen. Man müßte –

Die Tür geht auf, und David kommt in sein Zimmer.

»Du siehst aus, als ob du denkst«, sagt er. »Darf man wissen, worüber hier am frühen Morgen nachgedacht wird?«

Aber er erwartet keine Antwort. Denker, und besonders solche wie Jonnie, die mal denken und mal toben, darf man nicht stören, wenn sie mit Denken beschäftigt sind. Irgendwann kommen sie dann mit irgendwelchen verrückten Sachen heraus, über die man lachen oder selber nachdenken kann, je nachdem, wozu man Lust hat. Er geht deshalb hinüber zu den Regalen, in denen Jonnies Spielsachen liegen, und nimmt nacheinander ein paar Turtles in die Hand.

Man könnte, überlegt er, mit den Turtles in der Scheune spielen. Wir könnten eine Unterwelt für sie bauen und eine Oberwelt. Oder man könnte noch mal zum Baden fahren.

»Du weißt wohl nicht, daß man Leute, die denken, nicht stören soll?«

»Ja, ja«, antwortet David, der außerdem noch weiß, daß Jonnie morgens manchmal schlechte Laute hat. »Ich überlege bloß, was wir heute machen. Turtles oder baden?«

»Du überlegst, was wir machen, und ich denke über Sachen nach. Was ist wohl wichtiger?«

»Keine Ahnung«, erwidert David. »Aber wenn du dich so anstellst, kann ich ja allein was unternehmen.«

»Jetzt ist es sowieso egal. Baden, meinst du?« Jonnie rutscht vom Bett. »Laß uns erst mal frühstücken«, sagt er und beginnt sich anzuziehen. Wenig später stürzen die beiden in die Küche.

»Klara, fährst du mit uns ins Schwimmbad?«

»Nein«, sagt Klara seelenruhig. »Ich hab' mir überlegt, daß es besser ist, wenn ihr heute morgen in den Zauberwald geht. Ich möchte in Ruhe arbeiten. Bis Mittag. Dann könnt ihr meinetwegen hier rumtoben, oder wir fahren ins Schwimmbad. Aber bis dahin brauche ich Ruhe.«

Da kann man nichts machen. Wenn Klara arbeitet, will sie nicht gestört werden. Dann hockt sie oben in ihrem Zimmer am Schreibtisch und wird giftig, wenn man bloß zur Tür reinguckt.

Aber Zauberwald?

Der Zauberwald ist das Wäldchen in der Nähe. Sie haben ihn so genannt, als sie noch klein waren. Früher haben sie dort manchmal, wenn sie mit den Erwachsenen spazierengegangen sind, Sachen gefunden. Kleine

Kisten zum Beispiel, die aussahen wie Schatztruhen und in denen Kleingeld war. Oder einmal, aber da waren sie noch sehr klein, Igel aus Fell. Manchmal lagen auch Botschaften dort, die konnte der Zauberer geschrieben haben. Den Zauberer selbst haben sie nie zu Gesicht bekommen. Immer nur die Raben, die über dem Wald kreisten, fast als ob sie ihn bewachten.

»Zauberwald?« sagt David und macht ein langes Gesicht. »Mir scheint, du hast vergessen, daß wir bald in die dritte Klasse gehen. Zauberwald ist was für Babies.«

»Und die Höhle, die ihr im letzten Sommer gebaut habt? Ihr könntet nachsehen, was davon noch übrig ist. Es war ziemlich stürmisch im Frühjahr.«

Die Höhle. Man könnte sie ausbauen. Und wenn Andris und Max kommen, könnte man sich dort verstecken, wenn einem diese Kleinkinder auf die Nerven gehen. Und Bücher mitnehmen und eine Decke und dort im Versteck in der Sonne liegen und in aller Ruhe lesen, während die anderen einen suchen.

»Na gut«, sagt Jonnie, »gehn wir in den Zauberwald. Aber nur, wenn du uns was zu essen und zu trinken mitgibst.«

Klara zeigt auf den Küchenschrank. Da stehen zwei Flaschen Rhabarbersaft. Daneben liegen zwei kleine Päckchen und zwei Äpfel. Mit einemmal haben die Jungen kaum noch Zeit zum Frühstücken. Sie möchten zwei Hämmer und einen Beutel mit Nägeln mitnehmen, aber Klara meint, sie sollten erst einmal untersuchen, in welchem Zustand die Höhle ist.

»Nehmt Zettel und Bleistift mit, seht euch alles an und schreibt auf, was ihr braucht. Wir besorgen dann alles, und ihr könnt die Sachen beim nächsten Mal mitnehmen.«

Jonnie hat einen kleinen Rucksack in seinem Zimmer. Dahinein packen sie ihren Proviant. Wenig später wandern sie los. Sie sind kaum ein paar Schritte gegangen, als Klara ihnen nachruft:

»Und seht nach, ob der Kirschbaum Kirschen trägt. Wir könnten sie gut gebrauchen. Ich komm' dann mit zum Pflücken.«

Klara hat einen Einmach-Tick. Alles, was ihr im Garten oder an den Feldrändern an Früchten unter die Augen kommt, muß sofort gepflückt und in Saft oder Marmelade oder Kompott verwandelt werden. Das kennen die Jungen schon, und sie winken nur lässig zurück, während sie weitergehen.

Ein paar aufgeschreckte Karnickel sausen vor ihnen durch die Gegend, aber sie beachten sie nicht. Karnikkel! Denen sind sie nachgelaufen, als sie noch klein waren.

»Ich hab' mir überlegt«, sagt David, »daß die Höhle in diesem Sommer erst mal unser Geheimnis bleibt. Wenn die anderen kommen, könnten wir sie als Versteck nutzen.«

»Und was denkst du, was ich mir überlegt habe? Vielleicht dürfen sie später mal mit rein. Jetzt ist sie ja sowieso noch nicht fertig.«

Die Wiese steigt ein wenig an. Als sie die höchste Stelle erreicht haben, setzen sie sich ins Gras, um etwas zu trinken. Von hier oben sieht das alte Haus klein aus. Klara ist nicht mehr zu sehen. Man kann sich ja denken, wo sie hockt. Aber der Nachbar steht an seinem Gartenzaun, eine kleine, dunkle Gestalt. Es sieht aus, als hätte er ihnen nachgesehen. –

»Nachbarn müssen immer hinter einem hersehen«, sagt David. »Wieso eigentlich?«

»Und wenn du so alt wärst und ganz allein in einem Haus wohnen würdest? Was würdest du dann den ganzen Tag lang machen?«

»Jedenfalls nicht zwei Jungen mit einem Rucksack hinterherstarren, die nichts weiter tun, als über eine ganz normale Wiese zu gehen.«

Aber ganz sicher ist sich David da nicht. Und außerdem können sie sich beide nicht vorstellen, wie es ist, so alt zu sein wie der Nachbar. Sie packen die Saftflaschen wieder ein und gehen weiter. Der Wald ist jetzt schon ganz nah. Deutlich sehen sie die hohen Brennesseln am Waldrand. Die Brennesseln zu überwinden, bevor man in den Wald kommt, ist jedesmal am schwierigsten. Früher, als sie noch klein waren, hat Klara ihnen erzählt, der Zauberer habe die Brennesseln als Wächter um den Wald herum aufgestellt, um unliebsame Besucher fernzuhalten. Das ist natürlich Quatsch für Kinder. Trotzdem wird es nicht einfach werden, in den Wald zu kommen, ohne sich zu verbrennen.

Sie beschließen, einen Weg zu bahnen, der den ganzen Sommer offen bleiben wird. Natürlich darf der Weg nicht in direkter Linie zum Haus liegen, sonst werden ihn die anderen zu schnell entdecken. Sie suchen sich einen Knüppel. Holz liegt am Waldrand genug herum. Die Apfelbäume, die dort stehen, sind so alt, daß immer abgebrochene Äste darunter liegen. Mit den Knüppeln bewaffnet, umrunden sie den Wald ein Stück und suchen eine passende Stelle. Zwischen zwei Holunderbüschen stehen die Brennesseln nicht ganz so dicht. Sie legen los. Zuerst werden die Brennesseln mit wuchtigen Hieben umgeschlagen. Dann wird das am Boden liegende Kraut festgetreten. Vom Feld hinter dem Wald holen sie sandige Erde. Dazu muß Jonnies Rucksack herhalten, der anschließend so verdreckt ist, daß sie Bedenken haben, den Proviant wieder hineinzulegen. David kommt auf die Idee, ihn umzukrempeln und an einen Baum zu hängen. Sie werden ihn auf dem Rückweg wieder mitnehmen. Als sie versuchen, die Butterbrote in ihre Hosentaschen zu stopfen, stellt sich heraus, daß die Päckchen zu groß sind. Also setzen sie sich noch einmal nieder, um die Hälfte der Brote zu essen. Das dauert eine Weile. Und überhaupt könnte jemand, der die beiden beobachtet, durchaus den Eindruck gewinnen, als hätten sie es nicht so furchtbar eilig, in den Wald zu kommen. Da liegt der Weg, so breit, daß sie hintereinander bequem gehen können, ohne mit Brennesseln in Berührung zu kommen. Dahinter beginnt der Wald. Dunkel und ruhig liegt er da. In einiger Entfernung können sie durch die Bäume die Sonne schimmern sehen. Dort ungefähr, auf einer Stelle, an der weniger Bäume stehen, weil da vor vielen Jahren einmal ein Haus war, muß die Höhle sein. Sie haben sie neben einem ausgetrockneten Brunnenschacht gebaut. Auf dem Brunnenloch liegt ein schwerer Deckel aus Beton. Auf diesem Deckel kann man sitzen, wenn es einem in der Höhle zu dunkel ist.

Jonnie steht auf, steckt den Rest seines Brotes in die Tasche, nimmt in die linke Hand die Saftflasche und in die rechte den Stock, mit dem er den Weg freigeschlagen hat, und stapft los. David folgt ihm. Es ist auch jetzt nicht einfach, vorwärts zu kommen. Immer wieder liegen umgekippte Baumstämme auf dem Boden. Manchmal kann man ein Stückchen darauf balancieren, meistens muß man unter ihnen hindurchkriechen. Jonnie, der immer noch vorangeht – schließlich ist er etwas größer, obwohl er eine halbe Stunde jünger ist –, bleibt stehen, um auf David zu warten. David ist zurückgeblieben. Jonnie kann ihn im dichten Unterholz nicht sehen. Auch zu hören ist er im Augenblick nicht.

»David?« ruft er. »Ich bin hier!«

Und plötzlich, wie eine Antwort auf seine Worte, raschelt etwas ganz in seiner Nähe durchs Unterholz. Danach ist es einen kleinen Augenblick lang sehr still. Und dann ruft David, aber aus einer ganz anderen Richtung.

»Ich komme. Ich hab' nur was getrunken.«

Gleich darauf sieht er Davids blaues Hemd durch die Büsche scheinen, und dann ist er neben ihm.

»Du hörst dich an wie ein Wildschwein«, sagt David. »Bloß das Grunzen fehlt noch. Was ist? Gehen wir nicht weiter?«

»Hier gibt's keine Wildschweine«, antwortet Jonnie.

Ihm gehen verschiedene Gedanken durch den Kopf. Daß es hier keine Wildschweine gibt, weiß er. Klara hat es ihnen im letzten Jahr gesagt, und im allgemeinen kann man sich auf das verlassen, was Klara sagt. Also muß David die Geräusche gemacht haben. Aber das Geräusch ist nicht aus Davids Richtung gekommen. Es muß aber etwas Großes gewesen sein, das sich da im Unterholz bewegt hat. Wenn es nicht David gewesen ist und kein Wildschwein, was dann?

»Es gibt was zu beratschlagen«, sagt er. »Bevor wir weitergehen, müssen wir uns beratschlagen.«

Nun kommt es häufiger vor, daß Jonnie plötzlich Ideen hat, die man nicht gleich versteht. Meistens dann, wenn er über eine Sache, die ihm wichtig scheint, eine Weile nachgedacht hat. Da er nie seine Gedanken, sondern immer nur das Ergebnis seines Nachdenkens bekanntgibt, ist es nicht immer leicht, ihn zu verstehen. Oft ist es am einfachsten, man wartet, bis er von selbst eine vernünftige Erklärung abgibt oder bis er die Sache vergessen hat.

»Gleich, in der Höhle«, antwortet David deshalb.

Er wartet, daß Jonnie wieder vorangeht. Der aber steht da, ist ganz still und sieht aus, als ob er auf etwas lausche. Und genau in diesem Augenblick ist das Geräusch zum zweitenmal zu hören. Und diesmal hört David es auch. Es ist etwas weiter weg als beim erstenmal, aber immer noch ziemlich laut.

»Begreifst du jetzt, was ich meine?«

Und ob David das begreift! Es wäre dazu gar nicht nötig gewesen, daß Jonnie mit leiser Stimme spricht.

Es ist jemand da. Außer ihnen ist noch jemand im Wald.

An sich ist es ja nicht ungewöhnlich, daß in einem Wald mehrere Personen auf einmal herumlaufen. Bei ihren Spaziergängen mit den Erwachsenen in der Umgebung haben sie immer Leute in den Wäldern getroffen. Aber noch niemals, solange sie den Sommer auf dem Land verbringen und so oft sie im Zauberwald gewesen sind, ist ihnen dort eine Menschenseele begegnet. Dazu ist das Wäldchen viel zu klein, die Wege dahin sind zu weit weg von den Straßen. Und auch die Bauern, die ringsherum auf den Feldern arbeiten, haben sich noch nie in dem kleinen Wald sehen lassen. Weil sie bisher noch nie jemanden dort getroffen haben, sind sie bisher der Meinung gewesen, der Wald sei so etwas wie ihr Eigentum.

»Es gibt noch andere Tiere, außer Wildschweinen.«

»Große?«

»Na ja – Rehe zum Beispiel.«

Kein Reh würde solche Geräusche machen.

»Wir können natürlich zurückgehen«, schlägt Jonnie vor.

Aber man merkt seiner Stimme an, daß er unentschlossen ist. Nicht zur Höhle gehen? Den Weg umsonst gemacht haben? Wie weit ist es eigentlich noch? Vorsichtig geht er einige Schritte vorwärts und biegt ein paar Zweige auseinander. David ist ihm dicht auf den Fersen.

»Wir schleichen zur Höhle und überlegen da«, flüstert er.

Plötzlich hat er so ein komisches Gefühl, ein Abenteuergefühl, ziemlich aufregend und ein bißchen mit Angst gemischt. Ohne zu antworten und jedes Geräusch vermeidend, pirscht Jonnie vorwärts. David folgt ihm dichtauf.

Freund oder Feind?

Das erste, was sie sehen, als sie auf die kleine Lichtung hinaustreten, ist ein Marmeladenglas. Es steht friedlich in der Sonne auf dem Betondeckel des Brunnenschachts. Deutlich sieht man, daß jemand es halb leer gegessen hat. Jetzt ist es zugeschraubt. Um den Deckel und um den Löffel, der daneben liegt, haben sich eine Menge Fliegen und Wespen angesammelt. In der Stille ist ihr Summen deutlich zu hören.

Die Jungen sehen sich an. Sie haben sofort begriffen, daß das Geräusch, das sie vor ein paar Minuten gehört haben, nur von einem Menschen gekommen sein kann. Das Glas ist eins von den fehlenden aus dem Keller. Sie erkennen es an dem Aufkleber, einer von denen, die sie mit Klara im letzten Sommer selbst bemalt haben. Der Farbe nach zu urteilen, mit der der Rand bekritzelt ist, könnte Pflaumenmus drin sein.

Ein Mensch also.

»Mist«, flüstert David.

Mist, denkt auch Jonnie.

Was sollen sie tun? Weitergehen und in der Höhle nachsehen, ob sich jemand darin verkrochen hat? Zögernd blicken sie auf den Eingang der Höhle. Zu sehen ist niemand. Nur ein dunkles Loch und eine Menge grüner Zweige. Es sieht aus, als habe sie jemand über die alten Zweige vom letzten Jahr gelegt. Zwischen dem Höhleneingang und dem Brunnenschacht liegt eine Vertiefung, eine Art Graben, den man von hier nicht einsehen kann.

»Vielleicht ist er da drin? Sollen wir uns ranrobben?«

David hat gefragt, und Jonnie zögert mit der Antwort. Dann läßt er sich langsam und ohne einen Laut zu verursachen auf die Knie nieder. David begreift: es geht los.

Gut, daß wir den Rucksack nicht mitgenommen haben, denkt er, legt vorsichtig seine Saftflasche ins Gras und nimmt die gleiche Schleichhaltung ein wie sein Vordermann. Jonnie kriecht ein winziges Stück vorwärts und hält noch einmal an. Nebeneinander, denkt er, besser, wir kriechen nebeneinander.

Der Waldboden ist hier weich und mit Gras bewachsen. Sie haben eine Chance, ohne allzu viele Geräusche zu machen, an den Rand des Grabens zu kommen. David hat ebenfalls innegehalten. Er wartet, was Jonnie tun wird. Der dreht sich um, und dann –

Was hat er? denkt David. Wieso glotzt er so komisch?

Jonnie starrt über ihn hinweg nach oben. Er starrt mit offenem Mund und aufgerissenen Augen. Dabei sieht er so komisch aus, daß David kichern muß. Vielleicht kichert er auch einfach nur, weil er die Spannung nicht mehr aushalten kann, und hofft, Jonnie mit seinem Kichern anzustecken. Aber der achtet überhaupt nicht auf ihn und starrt immer noch Löcher in die Luft, so daß David schließlich gezwungen ist, sich ebenfalls umzudrehen. Und da sieht er ihn auch.

Hinter ihnen, ziemlich nah, höchstens zwei Meter entfernt, steht ein großer Junge. Er hat einen dicken Knüppel in der Hand. Zum Glück hat er ihn nicht erhoben. Er trägt Davids Robin-Hood-Kostüm; an ihm sieht es allerdings wieder wie ein Pullover aus. Die aufgenähten Lederteile sind noch dran.

Es ist nicht zu erkennen, wer mehr überrascht ist, der fremde Junge oder David und Jonnie. Eine ganze Weile verharren sie so, David und Jonnie auf dem Bauch im

Gras, der Fremde mit dem Knüppel. Sie starren sich regungslos an.

Dann lockert der Fremde seine rechte Hand, und der Knüppel fällt zu Boden. David und Jonnie kommt es plötzlich komisch vor, so auf dem Bauch zu liegen. Sie springen auf und machen ein paar Schritte rückwärts.

»Und«, sagt Jonnie ziemlich forsch, »du bist dir wohl darüber im klaren, daß dies unser Wald ist, oder? In anderer Leute Wälder eindringen –«

»Und dabei ihre Pullover anhaben«, ergänzt David. »Die Marmelade dürfte wohl auch nicht unbedingt auf deinem Mist gewachsen sein, oder?«

Der Junge antwortet nicht. Er steht nur da und sieht die beiden an.

Eigentlich sieht er nicht wie ein Verbrecher aus, denkt David.

Er hat zwar noch nie einen Verbrecher gesehen, aber so, das weiß er bestimmt, so können die nicht aussehen. Obwohl er natürlich den Pullover anhat, als Beweisstück für seine Taten sozusagen.

»Du könntest ja wenigstens mal versuchen, eine Erklärung abzugeben«, schlägt er vor.

»Na«, sagt Jonnie mutig, »wird's vielleicht bald?«

Der Junge schaut die beiden skeptisch an. Man sieht, daß er angestrengt überlegt. Schließlich sagt er einfach: »Kommt.«

Und er geht an ihnen vorbei auf den Graben vor der Höhle zu. Plötzlich ist alle Angst wie weggeblasen. Es ist nicht ganz sicher, woran es eigentlich gelegen hat, an seiner weichen, freundlichen Stimme oder an dem kleinen Lächeln in seinem Gesicht oder einfach nur an der Entschlossenheit, mit der er an ihnen vorbei- und vorausgegangen ist, jedenfalls folgen die beiden, ohne zu zögern.

Im Graben liegt zusammengerollt Klaras Decke. Der Junge breitet sie auf der flachen Böschung aus, lädt die beiden zum Sitzen ein, sagt: »Moment«, und geht hinüber zum Höhleneingang. David und Jonnie nehmen auf Klaras Decke Platz. Der Große kommt zurück. In der Hand hält er Jonnies Dolch – den hat er also auch, registrieren die Jungen – und ein Stück Schinken.

»Brot habe ich nicht«, sagt er, während er sich ebenfalls auf die Decke setzt und beginnt, an dem Schinken herumzusäbeln.

»Willst du sagen, du lebst von Schinken und Marmelade?«

Es ist Jonnie, der fragt. Man kann seiner Stimme anhören, daß er beides nicht gern ißt.

»Wenn man nichts anderes hat«, sagt der Junge, »dann ist Schinken und Marmelade besser als gar nichts.«

Seine Stimme klingt ruhig und freundlich und irgendwie – David und Jonnie sehen sich an.

»Du bist ein Ausländer, ja?« fragt David.

»Pole «, antwortet der Junge und sagt: »Krysztoff, ich heiße Krysztoff, und ihr?«

Über Polen war neulich was im Fernsehen. Die Jungen versuchen sich zu erinnern, aber es fällt ihnen nicht ein, worum es dabei ging. Es fällt ihnen zu Polen auch sonst nichts ein. Wenn er »Amerikaner« gesagt hätte, dann wäre ihnen vielleicht »Indianer« eingefallen oder »David Hazelhoff« oder »Arnold Schwarzenegger«. Oder wenn er »Chinese« gesagt hätte – nee, das hätte man ja gleich gesehen. Aber Pole? Man wird Klara fragen müssen. Klara – weshalb haben beide plötzlich das Gefühl, als ob Klara ein Problem werden könnte?

»Wir heißen Jonnie und David«, sagt David entschlossen. »Wir sind gewöhnliche Deutsche und wohnen in dem Haus, aus dem diese Klamotten sind. Und es wäre wirklich ganz nett, wenn du ein bißchen was von dir geben würdest. Wieso du hier im Wald hockst zum Beispiel. Weshalb du in unser Haus eingestiegen bist, brauchst du übrigens nicht zu erzählen. Das kann man sich ja denken.«

»So blöd sind wir nämlich nicht«, fügt Jonnie hinzu.

Fast hätte er gesagt: Auch wenn wir kleiner sind als du, aber rechtzeitig denkt er daran, daß es nie gut ist, wenn man sich freiwillig klein macht, und er hält schnell den Mund. Das Brot in seiner Hosentasche fällt ihm ein. Er holt es hervor, packt es aus und legt es auf die Decke. David legt seins daneben. Dann sitzen sie beide da und sehen Krysztoff an. Nun ist er dran.

»Die erste Nacht war schlimm«, sagt Krysztoff. »Ich hatte ja nichts. Keine Decke, nicht mal einen warmen Pullover. Ich hab' doch meine Sachen zurückgelassen.«

»Aber wie bist du überhaupt in den Wald gekommen?!«

»Einfach abgehauen.«

»Aus Polen? Das versteh' ich nicht. Bist du so weit gelaufen?« fragt David.

»Aus Polen doch nicht. Vom Bahnhof. Jan und Frans haben mich mitgenommen zum Hamburger Bahnhof. Sie wollten mit dem Zug weg. In Lüneburg bin ich ausgerissen. Ich wußte nicht, wo ich hingehen sollte. Ich bin einfach losgegangen.« Er macht ein Pause und sieht vor sich hin. »Manchmal bin ich auch gerannt«, sagt er dann. »Ich weiß, daß sie mich verfolgt haben. Aber ich bin ihnen entwischt. Bloß hab' ich mich deswegen in der ersten Nacht nicht aus dem Wald getraut.«

»Aber dann bist du in unser Haus gegangen und hast dir Sachen geholt«, sagt Jonnie.

»Ja, ich brauchte eine Decke. Ich dachte, es ist besser, ich bleibe im Wald, bis sie hier aus der Gegend verschwunden sind. Essen brauchte ich auch.«

»Und ein Messer«, sagt Jonnie mit einem schiefen Blick auf seinen Dolch.

»Ja, natürlich auch ein Messer«, antwortet Krysztoff.

»Oder hättet ihr unbewaffnet die Nacht im Wald verbracht?«

Das hätten sie nicht, soviel ist ihnen klar, auch wenn sie überlegen, was für einen Grund sie hätten, überhaupt eine oder mehrere Nächte im Wald zu verbringen. Schließlich haben sie ihre Zimmer und müssen sich vor niemandem fürchten.

»Und was für Leute sind das, vor denen du weggelaufen bist?« fragt David. »Sind sie gefährlich?«

»Und ob«, antwortet Krysztoff.

»Warum? Du mußt uns erzählen, was das für eine Bande ist. Und dann überlegen wir zusammen, was man gegen sie machen kann.«

»Ihr habt keine Ahnung«, sagt Krysztoff.

Er sagt es gar nicht laut, sondern einfach nur so vor sich hin. Einen Augenblick ist es ganz ruhig. Die Jungen haben das Gefühl, als sei eine kleine, dunkle Wolke über die Lichtung gezogen. Aber es ist nichts da, das nach Schatten aussieht. Sehr weit entfernt hört man ein Auto fahren. Über ihnen in den Büschen zwitschert eine Meise. Sie sitzen im Graben zwischen der Höhle und dem Brunnenschacht auf Klaras bunter Wolldecke. Von oben scheint die Sonne auf sie herunter. Und um sie herum ist es still, bis auf das Piepsen über ihnen.

»Dann bleibst du eben einfach hier«, sagt Jonnie tröstend.

»Hier findet dich niemand.«

»Das wollte ich ja«, antwortet Krysztoff, »und dann seid ihr gekommen.«

»Aber wir tun dir doch nichts.«

David kann nicht verstehen, weshalb ihre Bekanntschaft Krysztoffs ursprünglichen Plan zunichte machen sollte.

»Wir sind doch deine Freunde«, fügt er hinzu; ein wenig zaghaft, denn er weiß nicht genau, ob Krysztoff, der ja schließlich ein paar Jährchen älter und ein ziemliches Stück größer ist, ihre Freundschaft überhaupt möchte.

»Ihr meint, ihr würdet mich nicht verraten?«

»Niemals«, antwortet Jonnie für beide. »Außerdem kennen wir doch die Männer gar nicht.«

»Ich meine nicht die Männer. Ich glaube nicht, daß sie jetzt noch hier auftauchen. Ist doch klar, daß ihr dann nichts sagt.«

»Er meint Klara«, flüstert David Jonnie zu. »Er meint, wir dürfen Klara nicht sagen, daß wir ihn hier gefunden haben.«

Das ist nun allerdings ein Problem. Betreten sehen die beiden vor sich auf den Boden und schweigen.

»Hier«, sagt Krysztoff in die Stille hinein, »nehmt erst mal ein Stück Schinken.«

»Du kannst was von unserem Brot haben«, bietet David an, froh, daß sie das schwierige Thema beiseite lassen können. Jonnie läuft zurück, um die Saftflaschen zu holen. David bleibt mit Krysztoff allein auf der Decke zurück. Er wundert sich über sich selbst. Er hat überhaupt keine Angst, obwohl er doch vor einer halben Stunde noch diesen Jungen gar nicht kannte, der in ihren Keller eingebrochen ist und ihm jetzt von Klaras Schinken anbietet, als sei das die selbstverständlichste Sache der Welt.

»Seid ihr Brüder?« fragt Krysztoff.

»Ne, Onkel und Neffe«, antwortet David und beginnt, umständlich die Geschichte ihrer Verwandtschaft zu erzählen. Aber da kommt Jonnie zurück. Er reicht Krysztoff als erstem eine Saftflasche. Als sie sehen, wie hastig er trinkt, verzichten sie großmütig auf ihren Anteil. Jonnie stellt einfach die zweite Flasche in den Eingang zur Höhle, und David widerspricht nicht. Fast könnte man denken, ihr gemeinsamer Entschluß, Krysztoffs Anwesenheit im Wald zu Hause nicht zu verraten, sei in diesem Augenblick entstanden. Gesprochen wird darüber nicht, jedenfalls jetzt nicht.

»Wollt ihr sehen, was ich mit eurer Höhle gemacht habe?« fragt Krysztoff. »Ich hab' nämlich einen Notausgang gebaut.«

Natürlich wollen sie den Notausgang sehen. Er liegt dem Höhleneingang gegenüber und ist wirklich perfekt getarnt. Sie laufen um die Höhle herum, und dann kriechen sie hinein, um nachzusehen, ob sich drinnen etwas verändert hat. Es ist gemütlicher geworden. Alle Löcher und Ritzen, die durch Sturm und Winter entstanden sind, hat Krysztoff zugestopft. Die Höhle ist unterteilt in ein Schlafzimmer und ein Wohnzimmer. Im Schlafzimmer liegt ein Stück buntbezogener Schaumgummi, von dem sie sich dunkel erinnern, daß es im letzten Sommer als Sitzkissen für eine Gartenbank gedient hat. Im Wohnzimmer liegen ein paar Donald-Duck-Hefte aus der Sammlung von Jonnies Vater.

»Gemütlich«, sagt Jonnie anerkennend.

»Meine Vorräte habe ich draußen«, erklärt Krysztoff.

Er kriecht hinaus. Die Jungen folgen ihm. Gemeinsam gehen sie hinüber zum Brunnenschacht.

Der ist doch viel zu tief, überlegt David, aber da hat Krysztoff schon mit aller Kraft den schweren Deckel ein

Stück beiseite geschoben. Erst jetzt sehen sie die Schnur, die an einem Pflock im Waldboden befestigt ist. An der Schnur befördert er einen Drahtkorb zu Tage. Es ist der, in dem Max früher seine Bauklötze aufgehoben hat.

»Mein Proviant«, verkündet er stolz.

Aber so toll die Sache mit dem Proviantkorb auch ist, es ist doch nicht zu übersehen, daß die Vorräte in dem Korb nur sehr kläglich sind. Im Grunde ist kaum etwas drin, außer einem Glas Marmelade. Sie gucken alle drei das Glas Marmelade an, Kirschen, wie David am Etikett feststellt.

»Jetzt kannst du den Saft dazutun und den Rest Schinken und unsere Brote«, schlägt Jonnie vor.

Aber auch wenn Krysztoff nickt, die Jungen bittet, den Korb einen Augenblick zu halten, und die Vorräte einsammelt, um sie in den kühlen Brunnenschacht zu versenken, so ist doch plötzlich klargeworden, daß sie ein schwieriges Problem nur beiseite geschoben und noch nicht gelöst haben.

»Bis morgen reicht das ja erst mal«, sagt David.

Fast klingt es, als wolle er sagen: bis morgen sagen wir erst mal nichts.

Später gehen sie schweigend nebeneinander über die Wiese nach Hause. Da unten liegt ihr Haus friedlich in der Sonne. Klara ist nicht zu sehen. Auch der Nachbar steht nicht am Zaun. Alles sieht aus wie sonst, friedlich und still wie ein ganz normaler Sommermittag auf dem Land. Und doch hat sich irgend etwas verändert; etwas, das man nicht sehen kann, das aber doch da ist. Etwas, von dem man nicht genau weiß, ob es gut oder schlecht ist, das aber alles verändern wird. Das steht fest.

Eine Freundschaft beginnt

Am nächsten Morgen ist David schon sehr früh in Jonnies Zimmer.

»Ich hab' mir was überlegt«, sagt er, »wir erzählen Klara, daß wir den Rucksack holen wollen. Wir packen heimlich ein paar Brote ein, gehen zu Krysztoff, bringen ihm Frühstück und sagen ihm, daß er mitkommen muß. Er muß Klara vertrauen, das ist es.«

»Und wenn er nicht will?«

»Er muß Klara vertrauen. Anders geht es nicht. Wir müssen ihm das einfach klarmachen.«

Jonnie ist skeptisch. Aber auch er hat beim Aufwachen darüber nachgedacht, wie schwierig es werden wird, Krysztoffs Anwesenheit vor Klara zu verbergen. Und deshalb stimmt er David zu.

Aber dann ergibt sich ein Problem, mit dem die beiden nicht gerechnet haben. Beim Frühstück schlägt Klara vor, eine Fahrradtour zu machen.

Sie muß in die Stadt, um Farbbänder für ihre Schreibmaschine zu kaufen. Und weil das Wetter so schön ist und sie keine Lust hat, immer im Auto zu sitzen, findet sie, man sollte die Gelegenheit nutzen und radeln.

Eine Fahrradtour wäre normalerweise etwas, wozu die beiden sofort Lust gehabt hätten. Nur müssen sie heute vormittag natürlich zu Krysztoff. Und zu ihrer Ehre muß gesagt werden, daß sie nicht die günstige Gelegenheit ergreifen, die Lösung des Problems zu verschieben. Es dauert eine Weile, bis sie Klara verständlich gemacht haben, weshalb sie jetzt erst einmal unbedingt in den Wald müssen. Sowohl der vergessene Rucksack als auch die nicht wieder mitgebrachten Saftflaschen spielen dabei eine Rolle.

Von Krysztoff sagen sie nichts.

Schließlich gibt Klara es auf, sie zum Mitkommen überreden zu wollen. Sie beschließt, allein, aber dann mit dem Auto zu fahren.

Die Jungen warten, bis sie vom Hof gefahren ist, bevor sie anfangen, ein Paket Brote zurechtzumachen, das groß genug ist, um den Hunger von drei erwachsenen Männern zu stillen. Auch eine Flasche Milch und zwei Tomaten, die das einzige sind, was sie im Kühlschrank in dem Fach mit der Aufschrift GEMÜSE vorfinden, werden eingepackt. Sie beeilen sich, denn sie wollen im Wald sein, bevor Klara zurückkommt. Wer weiß, vielleicht käme sie bei ihrem Anblick auf die Idee, sich die Höhle anzuschauen.

Schon von weitem sehen sie den Rucksack. Den hat also niemand mitgenommen.

»Wir haben vergessen, mit Krysztoff ein Losungswort auszumachen«, sagt Jonnie.

»Wir kommen jetzt in den Wald, und er denkt vielleicht, diese Männer haben ihn entdeckt.«

»Und wenn wir laut reden? Unsere Stimmen erkennt er. Außerdem weiß er doch, daß wir heute vormittag kommen.«

Laut reden ist eine gute Idee. Komisch nur, daß einem, wenn man laut reden soll, nicht einfällt, was man sagen könnte!

»Ich steige jetzt über diesen Baum«, schreit Jonnie plötzlich, so laut er kann. »Und dann werde ich über den nächsten klettern.«

»Du Blödmann, das sehe ich doch«, antwortet David.

Dann fällt ihm ein, weshalb Jonnie so redet, und er bleibt stehen und kichert. Als er sich vom Kichern erholt hat, beginnt er, laut zu singen.

Plötzlich steht Krysztoff vor ihnen. Sie haben ihn nicht kommen hören und sind fast ein wenig erschrocken. Aber er lächelt sie an. Sie können sehen, wie er sich freut, daß sie wiedergekommen sind. Gemeinsam laufen sie die letzten Meter bis zur Höhle. Dann sitzen sie im Graben und sehen Krysztoff beim Frühstücken zu. Er ißt langsam und bedächtig. Und er teilt die Brote genau ein.

»Besser, man hat einen Vorrat«, sagt er zur Erklärung, verstaut zwei Brotpäckchen, eine Tomate und eine halbe Flasche Milch im Korb und läßt den Korb hinunter in den Brunnenschacht.

Jetzt ist genau der richtige Augenblick, um zu sagen, was sie sich vorgenommen haben. David holt tief Luft.

»Wir wollten dir vorschlagen mitzukommen«, sagt er und bemüht sich, seiner Stimme einen möglichst festen Klang zu geben.

»Wir werden Klara von dir erzählen. Sie ist in Ordnung. Du wirst schon sehen.«

»Sie würde nie jemand verraten«, fügt Jonnie hinzu.

An Krysztoffs Gesichtsausdruck ist deutlich zu sehen, daß er nicht die geringste Absicht hat, auf ihren Vorschlag einzugehen.

Im Gegenteil, es sieht so aus, als ob er plötzlich nichts mehr mit ihnen zu tun haben wollte. Er steht auf, geht ein paar Schritte, setzt sich auf den Deckel des Brunnens.

»Jetzt will ich euch mal was sagen. Anscheinend habt ihr noch immer nicht begriffen, was los ist.«

Wenn er es uns nicht sagt, woher sollen wir es dann wissen, denken beide, sagen aber nichts.

»Ich gehe nicht zu eurer Klara, weil ich gesucht werde. Außerdem, wenn sie mich aufnimmt und nichts sagt, macht sie sich strafbar. Ich bleibe hier im Wald, bis die

Gefahr vorüber ist. Dann haue ich ab, nach Hause. Wenn ihr wirklich meine Freunde wärt, dann würdet ihr nichts dabei finden, einen Flüchtling ein paar Tage in eurem Wald zu verstecken, anstatt –«

Ihm fällt so schnell nicht ein, was er ihnen vorwerfen kann. Aber Jonnie und David haben sich schon entschieden. Sie wollen Krysztoffs Freunde sein, egal was passiert.

»Aber du könntest uns doch wenigstens sagen, ob es was Schlimmes ist, weswegen du gesucht wirst. Vielleicht steht etwas darüber in der Zeitung, und wir könnten dir Informationen bringen.«

So etwas Ähnliches hat Jonnie vor ein paar Tagen in einem Film gesehen, und es fällt ihm jetzt wieder ein. Da war der Gesuchte allerdings ein Erwachsener. Er hatte wirklich etwas auf dem Kerbholz, und die Leute, die ihm Zeitungsinformationen bringen mußten, waren nicht seine Freunde, sondern er hat sie erpreßt.

»Ach was«, antwortete Krysztoff, der sich beruhigt hatte. »Schlimm war es nicht, jedenfalls nicht das, was ich gemacht habe. Ich nehme mal an, es war schon in der Zeitung. Nicht das, was ich gemacht hab', das von den ...«, er zögert und fügt dann hinzu: »das von den Männern.«

Einen Augenblick sagt niemand etwas. Krysztoff denkt nach. Er spürt, daß die Jungen ihn nicht verraten werden. Deshalb möchte er ihnen gern ein wenig mehr erzählen von dem, was er in den letzten Tagen erlebt hat. Nein, denkt er, je weniger sie wissen, desto besser. Nur warnen muß ich sie noch.

»Hört zu«, sagt er, und weil er jetzt leise spricht, beugen sich die Jungen näher zu ihm heran.

»Es sind vielleicht in dieser Gegend zwei Männer unterwegs, auf die ihr achten müßt. Sie sind beide groß und dünn. Aber der eine hat eine Glatze und der andere ziemlich lange Haare, die er im Nacken zusammengebunden hat. Kann sein, er hat sie inzwischen abgeschnitten. Das weiß ich nicht. Die sind gefährlich. Wenn ihr sie seht, laßt euch nicht anmerken, daß ihr sie erkennt. Tut einfach so, als wäre alles in Ordnung. Aber wenn sie weg sind, kommt zu mir und sagt mir Bescheid. Mehr kann ich euch nicht sagen, okay?«

Die beiden nicken. Sie sind in Gedanken noch bei den langen, dünnen Männern. Dürfte ja nicht so schwer sein, sie zu erkennen. Und wer weiß – wenn die beiden wirklich auftauchten, würde Krysztoff vielleicht freiwillig mitkommen. Und sie könnten ihn doch noch bei Klara verstecken.

»Gut, dann geht jetzt nach Hause.«

Und David und Jonnie nehmen ihre Flaschen und den Rucksack und machen sich auf den Weg.

Besuch

Ein paar Tage lang geht das Leben seinen normalen Gang, soweit man unter diesen Umständen überhaupt von »normal« sprechen kann. David und Jonnie haben sich Hammer und Nägel besorgt und ziehen jeden Morgen mit Proviant in den Wald. Sie bauen mit Krysztoff ein Baumhaus. Einmal, als es morgens regnet und sie unbedingt trotzdem losgehen wollen, sieht Klara sie aufmerksam an und fragt: »Was gibt es eigentlich so Besonderes da drüben? Ihr seid ja gar nicht mehr zu halten. Darf man bei Gelegenheit vielleicht mal eure Arbeit dort bewundern?«

Das war am fünften Tag, nachdem sie Krysztoff im Wald getroffen hatten, und man muß leider feststellen, daß die Gewohnheit sie zu ziemlich geschickten kleinen Lügnern gemacht hatte. Oder soll man besser sagen: zu lässigen Wahrheitsverbergern? Denn richtig gelogen war es ja nicht, wenn sie nicht von Krysztoff sprachen.

Noch einen Tag später sitzen sie morgens mit Klara beim Frühstück und lassen sich Brote zurechtmachen, die sie mit ins Baumhaus nehmen wollen.

»Leg ruhig noch eins drauf, Klara«, fordert David.

Klara sieht ihn an, sagt eine Weile nichts und dann: »Ich möchte wissen, wo ihr das ganze Zeug laßt. Ihr müßt da drüben ja schon einen richtigen Vorrat angelegt haben. Dicker geworden seid ihr jedenfalls nicht.«

»Mir scheint, du hast wenig Ahnung, wieviel Kraft es kostet, dieses Baumhaus zu bauen«, antwortet Jonnie.

Auch das ist natürlich nicht gelogen. Aber weil Klara noch immer so zweifelnd aussieht, fügt David hinzu: »Wir laden dich zur Besichtigung ein, wenn es fertig ist.«

Zur Not würde Krysztoff sich dann eben eine Weile verstecken müssen. Besser, man hält Klara nicht zu offensichtlich davon ab, in den Wald zu gehen.

»Ich finde, sie guckt manchmal so komisch«, nimmt David das Thema Klara wieder auf, als sie, mit Proviant, Stricken und einer alten Wolldecke beladen, in Richtung Wald unterwegs sind.

»Das machen Frauen so, das hat nichts zu bedeuten«, ist Jonnies Antwort, dem schon wieder ein Film einfällt, den er gesehen hat.

Und damit ist das Thema beendet – für längere Zeit übrigens beendet. Denn als sie pünktlich zur Mittagszeit über die Wiese zurückkommen, sehen sie vor dem Haus neben Klaras Auto ein zweites Auto stehen. Davids Mutter ist angekommen, und sie hat Max mitgebracht, Davids kleinen Bruder.

»Kein Wort zu Max. Der ist noch zu klein«, hört David gerade noch Jonnie flüstern. Dann rennt er los, um Mutter und Bruder zu begrüßen.

Von da an ist es mit der Ruhe im Haus vorbei. Nicht nur, weil Max ein Quatschmacher ist, der dauernd irgend etwas anstellt, sondern weil schon am späteren Nachmittag die nächsten Sommergäste eintreffen. Diesmal kommt Andris mit seinem Vater, der ein Freund der Familie ist. Andris ist nur ein Jahr jünger als Jonnie und David, trotzdem beschließen die beiden, ihn nicht in ihr Geheimnis einzuweihen.

Mit Andris und seinem Vater sind aber noch nicht alle Urlauber eingetroffen. Am Abend kommen noch die Väter von Jonnie und David. Davids Vater bringt die rote Sybille mit, eine Freundin der Familie, die den ganzen Sommer am Klavier sitzen will und üben. Und, ganz spät am Abend, als alle schon unter dem Kirschbaum sitzen, gegessen haben und Pläne machen für den nächsten Tag, kommt auch noch Klaras Herzensfreund Franz.

Jonnie und David sitzen übrigens nebeneinander, Andris ihnen gegenüber. Leider muß gesagt werden, daß die drei sich überhaupt nicht vertragen und daß das nicht an Andris liegt. Andris ist ein netter Bursche, der eine Menge weiß über Pflanzen und Tiere. Zu Hause, auf dem Balkon, hat er einen kleinen Garten und in seinem Zimmer ein Terrarium mit einer Blindschleiche. Er würde den beiden gern erzählen, daß er die Blindschleiche in Pension gegeben hat. Außerdem ist er ein fast noch besserer Witze-Erzähler als Jonnie. Seinen neuesten Witz kennen die beiden bestimmt noch nicht. Er brennt darauf, ihn loszuwerden, aber die beiden ihm gegenüber tun so, als ob sie ihn gar nicht sehen. Sie kichern und tuscheln, aber so, daß man nichts versteht.

So bleibt Andris nichts weiter übrig, als den Erwachsenen zuzuhören. Und was spricht man so in Erwachsenenkreisen? Uninteressant hört es sich nicht an, jedenfalls nicht für Andris, der zusammen mit Jonnie im Hochbett in Jonnies Zimmer schlafen soll und dazu, verständlicherweise, nicht besonders viel Lust hat. Es geht um den Ausbau eines Zimmers für ihn und seinen Vater, mit dem schon morgen begonnen werden soll.

»Könntet ihr an mein Bett ein Brett anbauen, damit ich mein Terrarium mitbringen kann?« fragt er und fügt, an David und Jonnie gewandt, hinzu: »Es ist nämlich besser, wenn man hin und wieder mal ein Auge auf die Tiere wirft, besonders, wenn sie in fremde Räume kommen.«

Andris Vater nickt seinem Sohn zu. Aber Jonnie sagt: »Na, dann paß mal auf, daß dein Auge nicht runterfällt, wenn du es auf deine Tierchen wirfst.«

Und dann kichern die beiden ihm gegenüber so gemein, daß Andris am liebsten wieder nach Hause fahren würde. Daraus wird natürlich nichts, denn die Erwachsenen sind der Meinung, die Kinder würden sich mit der Zeit schon aneinander gewöhnen. Daran kann man sehen, wie wenig Ahnung Erwachsene manchmal vom wirklichen Leben haben.

Andris bleibt in den folgenden Tagen nichts anderes übrig, als allein zu spielen. Jonnie und David, die sich inzwischen schon ein bißchen gemein vorkommen, aber nicht genau wissen, wie sie ihre Haltung Andris gegenüber ändern sollen, ohne sich etwas zu vergeben, bemühen sich, ihn wenigstens nicht zu ärgern. Max merkt von all dem nichts. Er hat sich mit dem Nachbarn angefreundet und ist von morgens bis abends in dessen Garten.

»Wir bauen eine Burg«, verkündet er stolz jedesmal, wenn er zurückkommt.

Aber als die Großen mitkommen und sich das Bauwerk ansehen wollen, fängt er an zu schreien und mit den Füßen zu trampeln. Also lassen sie ihn in Ruhe. Sie haben auch ohne diesen Kindskopf genug Sorgen.

Die Erwachsenen haben nämlich beschlossen, daß alle Hausbewohner, auch David und Jonnie, beim Ausbau des neuen Zimmers helfen müssen. Unter anderen Umständen hätten ihnen die Handlangerdienste, zu denen sie eingeteilt werden, sicher Spaß gemacht. Aber nun können sie nicht in den Wald gehen, und sie machen sich Sorgen um Krysztoff. Einmal allerdings hatten sie eine günstige Gelegenheit genutzt und waren schon fast unterwegs. Aber dann kamen die beiden anderen hinterhergelaufen. Sie mußten wieder umkehren.

»Essen hat er genug«, sagt Jonnie, während er mit David ein Brett über den Hof schleppt, das zum Bau eines Bücherregals verwendet werden soll.

»Wer hat Essen genug?« fragt Andris, der sich allein mit einem zweiten Brett abmüht und gerade eine Pause einlegt, als die beiden an ihm vorüberzockeln.

Darauf können sie ihm nun beim besten Willen keine Antwort geben. Aber immerhin verkneifen sie sich etwas in der Art wie »Das geht dich gar nichts an« oder »Frag doch deine Großmutter« oder was es sonst noch für dumme Sprüche bei solchen Gelegenheiten hätte geben können. Andris schnappt sein Brett und stolpert hinter den beiden her. Er regt sich nicht mehr auf. Er baut mit seinem Vater an seinem Zimmer. Die beiden sollen froh sein, daß sie überhaupt mithelfen dürfen.

Übrigens helfen nicht nur die Kinder, auch alle Erwachsenen sind heftig damit beschäftigt, mit dem Ausbau so schnell wie möglich fertig zu werden. Klara hat ihre Arbeit unterbrochen und kocht für die Handwerker. Sie behauptet, sie könne keinen Nagel einschlagen, ohne ihre Finger zu treffen, aber irgend jemand müsse ja auch für das leibliche Wohl sorgen.

»Und für die Kultur«, behauptet Sybille, die nur einen Grund sucht, um weiter Klavier spielen zu können. »Schließlich geht mit Musik alles besser.«

In der Nacht

Es ist Abend. Man hat unter dem Kirschbaum Klaras Abendessen verdrückt. Die Erwachsenen sitzen schon lange beim Wein. Sie reden und reden, als ob sie nicht den ganzen Tag dafür Zeit gehabt hätten. Den Kindern ist es schließlich zu langweilig geworden. Max ist als erster im Bett verschwunden. Auch Jonnie, David und Andris haben sich in ihre Betten verkrümelt.

Leider hat es noch kurz vor dem Schlafengehen einen kleinen Streit zwischen Jonnie und Andris gegeben, dabei waren sie in den letzten Tagen eigentlich schon ganz gut miteinander ausgekommen. Jonnie ist schon eingeschlafen. Nur Andris sitzt noch wach oben auf dem Hochbett. Am liebsten möchte er wieder aufstehen und zu seinem Vater nach draußen gehen. Er überlegt, ob er das gemütliche Bett noch einmal verlassen soll.

Draußen ist es dunkel. Vor dem Haus steht eine Laterne. Im Schein der Laterne sieht er die Autos. Klaras kleiner roter Flitzer steht ein wenig abseits – da, hat sich da eben etwas bewegt?

Andris sieht angespannt zum Fenster hinaus. Wollen sie noch mal wegfahren? Er hat doch eben deutlich einen Mann gesehen. Aber dann hätten sie ihnen doch Bescheid gesagt. Die Erwachsenen fahren abends nie weg, ohne den Kindern Bescheid zu sagen.

Da – da ist er wieder. Das ist niemand aus dem Haus. Es muß ein Fremder sein, der sich an Klaras Auto zu schaffen macht. Und da kommt noch ein zweiter. Er geht zu den anderen Autos, öffnet eine Tür – sie schließen hier nie die Autos abends ab –, legt sie leise wieder an, sieht zu dem anderen hinüber, der immer noch an Klaras Auto steht. Jetzt winken sie sich zu. Plötzlich weiß Andris ganz genau, daß die Männer etwas im Schilde führen.

»Jonnie«, ruft er leise. »Jonnie, wach auf. Da sind zwei Männer an den Autos.«

Sehr fest hat Jonnie offenbar nicht geschlafen. Er ist ziemlich schnell wach.

»Wo?«

Andris ist inzwischen vom Hochbett gerutscht. Gemeinsam schleichen er und Jonnie ans Fenster. Sie verbergen sich hinter dem Vorhang.

»Da, siehst du? Ich glaube, sie wollen Klaras Auto klauen.«

»Das sind sie«, ruft Jonnie, »man, das sind sie.«

»Wer?« fragt Andris.

»Warte hier. Paß auf, was sie machen. Ich muß David wecken«, antwortet Jonnie. Er läuft aus dem Zimmer. Andris bleibt hinter dem Vorhang stehen und starrt auf die Straße. Er sieht, daß einer der Männer sich an Klaras Wagen hinter das Steuer setzt. Der andere ist stehengeblieben und sieht nach rechts und links. Er ist ein langer, dünner Mann, der seine Haare im Nacken zusammengebunden hat. Andris findet, daß er scheußlich aussieht. Jetzt kommt Jonnie mit David zurück.

»Da«, ruft Jonnie aufgeregt, »sieh doch, da, an Klaras Auto!«

David sieht aus, als habe er schon fest geschlafen.

»Wo? Was ist los?« fragt er und gähnt.

Er hat noch nicht begriffen, daß da draußen etwas los ist, so daß Jonnie ihm einen kleinen Schubs in Richtung

Fenster gibt. Es ist wirklich nur ein kleiner Schubs, aber David taumelt im Halbschlaf gegen die Scheibe. Es gibt einen kleinen Bums. Der mit den langen Haaren muß etwas gehört haben. Er sieht mißtrauisch zum Haus hinüber. Jonnie duckt sich und zieht David nach unten. Auch Andris hält es für besser, hinter dem Vorhang hervorzukommen und sich auf den Boden zu hocken. Der Vorhang bewegt sich. Plötzlich, sie sitzen alle drei nebeneinander unter der Fensterbank, hören sie Schritte.

»Sie kommen«, flüstert Jonnie. »Los, duckt euch.«

Aber es kommt niemand. Sie hören, daß jemand wegläuft. Dann ist es still.

Die Jungen, auch David, sind jetzt hellwach. Vorsichtig tauchen ihre drei Köpfe unter der Fensterbank hervor, der blonde von David, der grüne von Jonnie und der dunkle von Andris. Aber so sehr sie sich auch ihre Nasen an der Scheibe plattdrücken: draußen ist niemand mehr zu sehen. Friedlich stehen die Autos unter der Laterne.

»Als hätten wir alles nur geträumt«, sagt Jonnie.

Aber selbst David hat, bevor er an die Scheibe bumste, noch den Mann in Klaras Auto sitzen sehen.

»Ganz klar, das müssen sie gewesen sein«, sagt er.

Nun bleibt ihnen nichts anderes übrig, als Andris die ganze Geschichte zu erzählen. Von Krysztoff, wie sie ihn im Wald gefunden haben, von den Männern. Und es ist klar, daß sie morgen früh unbedingt in den Wald müssen, um Krysztoff zu warnen.

»Und wenn die Männer ihn jetzt finden?« fragt Andris.

Er stellt es sich schrecklich vor, da draußen allein im Wald zu sitzen, und diese beiden Kerle kommen womöglich vorbei auf der Suche nach einem Schlafplatz und finden diesen Krysztoff, der sich doch so vor ihnen fürchtet.

»Heute nacht finden sie ihn nicht«, sagt Jonnie.

Er hofft, daß Krysztoff im Baumhaus schläft und von unten nicht zu sehen ist. Aber ganz wohl ist ihm nicht, und den beiden anderen scheint es ähnlich zu gehen, denn als er vorschlägt, sie sollten gemeinsam in Davids Bett kriechen, sind sie einverstanden.

Jonnies Traum

In dieser Nacht hat Jonnie einen Traum.

Er ist leise aus dem Bett aufgestanden. Vom Küchenherd nimmt er einen Teller mit Pfannkuchen. Jetzt geht er mit dem Teller in den Händen über die Wiese. Die Wiese ist schief, aber er kommt gut vorwärts, denn seine Füße sind Springfüße geworden. Jeder Schritt, den er macht, wird zwei Meter lang. Obwohl die Nacht schon gekommen ist, kann er sehr gut sehen. Alles leuchtet, das Gras, die Brennesseln und der Zauberwald. Aber es ist ein dunkles Leuchten, das aus dem Innern der Pflanzen kommt. Es scheint weder Sonne noch Mond. Er sieht hoch über dem Zauberwald das Baumhaus. Es ist schwarz. Von oben reicht ihm Krysztoff die Hand herunter. Sein Gesicht ist weiß, und er lacht.

»Ich hab' so Heimweh«, sagt er und zieht Jonnie nach oben.

Es geht ganz leicht, fast wie fliegen.

»Wir können es mit Fliegen versuchen«, sagt Jonnie zu Krysztoff, »häng dich an meine Füße.«

Aber Krysztoff hört ihm nicht zu. Er hält den Teller mit den Pfannkuchen in der Hand und füttert die Raben. Er spricht auch mit ihnen, in einer fremden Sprache, die sehr schön klingt und traurig. Jonnie hört zu, obwohl er nichts versteht. Da wendet sich Krysztoff zu ihm und sagt: »Du wirst es verstehen, ich werde es dir genau erklären. Du wirst es verstehen.«

»Und warum bin ich dann traurig?« fragt Jonnie. Tränen laufen ihm über die Wangen.

Entdeckt

Am Morgen nach dem Traum spürt Jonnie, daß er tatsächlich geweint hat. Unter seinen Augen ist die Haut naß, und so etwas wie ein Schluchzer sitzt ihm in der Kehle. Er bleibt still liegen und versucht, sich an seinen Traum zu erinnern. Es gelingt ihm nicht. Nur diese komische Traurigkeit ist zurückgeblieben.

Ein bißchen wie Heimweh, denkt er, und er beginnt zu überlegen, was seine Mutter jetzt wohl grade tut. Weit kommt er nicht mit seinen Überlegungen. Er ist erst dabei, sich vorzustellen, wie sie am Tisch sitzt und die große Schale mit Kaffee in den Händen hält. Gerade will er sie die Schale noch einmal hinstellen und sich eine Zigarette anzünden lassen, da geht vor Davids Tür ein Hin- und Hergerenne los, daß man sich nicht mehr konzentrieren kann. Irgendetwas muß da draußen los sein, etwas Ungewöhnliches.

Jonnie springt aus dem Bett. Aus Versehen zieht er dabei Andris die Decke weg. Der meckert sofort los. Er kann es auf den Tod nicht vertragen, wenn ihm morgens jemand die Decke wegzieht.

»Tut mir leid, war aus Versehen«, murmelt Jonnie, wirft ihm die Decke wieder über und saust aus dem Zimmer. David und Andris stehen gleich darauf neben ihm im Flur. Und dann hören sie, was geschehen ist. Klaras Auto ist in der Nacht gestohlen worden.

»Also, ich ruf' jetzt den Dorf-Sheriff an«, sagt Klara gerade. »Dann frühstücken wir erst mal. Bloß keine Aufregung. Schade, der schöne Flitzer.«

Die drei sehen sich an. Sie wissen sofort, wer das gewesen ist. Jonnie schüttelt vorsichtig den Kopf und macht ein Zeichen. Sie sollen zurück ins Zimmer gehen. Wieso? Aber sie folgen ihm. Jonnie schließt schnell die Tür. Sie merken nicht, daß Klara sie beobachtet.

»Die Polizei«, sagt er. »Habt ihr euch überlegt, daß wir jetzt Krysztoff an die Polizei ausliefern?«

Das haben sie nicht. Jonnie hat recht. Aber was tun? Im Grunde ist ihnen klar, daß sie jetzt die Erwachsenen einweihen müssen.

»Wir frühstücken schnell, und dann gehen wir zu Krysztoff, geben ihm Bescheid, daß er abhauen muß. Und dann sagen wir alles.«

Beim Frühstück sitzen sie wie auf Kohlen. Natürlich dreht sich das Gespräch um das gestohlene Auto. Der Polizist war unterwegs gewesen, aber seine Frau würde ihm Bescheid sagen, und er würde kommen, sowie sie ihn erreicht hätte.

Alle bedauern Klara. Nur Sybille sagt: »Ich weiß nicht, weshalb ihr euch so aufregt. Ich finde Autos sowieso überflüssig.«

»Na ja, ich möchte nicht wissen, was du sagen würdest, wenn man das Klavier geklaut hätte«, sagt David.

Er erntet allgemeines Gelächter und nutzt die Gelegenheit. »Wir gehen ein bißchen raus«, sagt er schnell.

Aber sie haben nicht mit Max gerechnet. Ohne daß sie es merken, läuft er ihnen nach. Erst auf der Wiese sehen sie, daß er ihnen folgt.

»Geh zurück, Max. Du kannst nicht mitkommen.«

Aber diese kleinen Kinder tun immer gerade das, was sie nicht sollen. Er läßt sich nicht abschütteln. Als sie anfangen zu rennen, beginnt er auch noch laut zu plärren! Ratlos bleiben sie stehen. Und dann erscheint noch Klara in der Haustür. Es hat keinen Zweck mehr. Sie müssen mit Klara reden.

Sie kommt ihnen schon entgegen. Also setzen sie sich auf die Wiese, starren vor sich auf das Gras und warten. Natürlich setzt sich auch Max neben sie. Wahrscheinlich denkt er mit seinem Kinderverstand, daß ein neues Spiel losgeht. Aber dann ist auch Klara da und setzt sich ebenfalls.

»Na«, sagt sie, »wie wär's denn, wenn ihr jetzt mal mit der Wahrheit rausrücktet?«

Die ist schnell gesagt. Jedenfalls beim erstenmal. Das, was die Jungen erzählen, klingt für Klara allerdings so verworren, daß sie alles noch ein paarmal wiederholen müssen, bis sie begriffen hat, was inzwischen geschehen ist.

»Na, dann bin ich jetzt aber neugierig, euren Freund kennenzulernen«, sagt sie schließlich und steht auf.

»Jetzt gleich?« fragen die drei wie aus einem Mund.

»Allerdings jetzt gleich. Ich glaube nicht, daß ich noch länger warten sollte. Oder wollt ihr, daß Herr Dunkelmann gleich mitkommt?«

Natürlich wollen sie das nicht. Herr Dunkelmann ist der Dorfpolizist. Also machen sich an diesem schönen Sommermorgen gleich fünf Leute auf, um Krysztoff zu besuchen, denn natürlich kommt Max auch mit, obwohl die ganze Sache für Kinder eigentlich wirklich nicht geeignet ist.

»Wir haben nichts zu essen dabei«, gibt Andris zu bedenken. Es hat ihm sehr imponiert, daß die Freunde jeden Morgen mit Essen in den Wald gegangen sind, um Krysztoff zu versorgen.

»Der Bursche wird von nun an bei uns frühstücken«, antwortet Klara.

Sie sagt es so bestimmt, daß niemand widerspricht, obwohl zumindest David und Jonnie da ihre Zweifel haben.

Sie finden Krysztoff nicht gleich. Er ist weder in der Höhle noch im Graben. Aber an den Resten seines Frühstücks sehen sie, daß er bis vor kurzem noch dort gewesen sein muß. Also zwängen sie sich gemeinsam durchs Unterholz, das heißt, eigentlich zwängt sich nur Klara, denn für die Jungen ist der Trampelpfad zum Baumhaus breit genug. Und im Baumhaus sehen sie ihn dann auch. Er liegt flach auf dem Boden, aber durch die Ritzen leuchtet Davids Robin-Hood-Pullover.

»Komm runter, Krysztoff«, ruft Klara.

Ihre Stimme klingt freundlich, aber es dauert ein Weilchen, bis Krysztoff tatsächlich herunterklettert. Er sieht ganz strubbelig aus, richtig verwildert, finden die Jungen. Sie wundern sich, daß ihnen das bisher noch nicht aufgefallen ist.

»Wir haben dich nicht verraten«, sagt Jonnie, als er merkt, daß Krysztoff sie nicht ansieht.

»Es ist nur was passiert. Die Männer sind dagewesen.«

Da geht Krysztoff voran. Gleich darauf sitzen sie im Graben auf Klaras bunter Decke. Alle sehen Krysztoff erwartungsvoll an. Es ist klar, daß er jetzt alles erklären muß. Zumindest für Klara.

Aber da können sie lange warten. Krysztoff ist wieder so mißtrauisch wie am Anfang. Klara versucht, etwas aus ihm herauszubekommen. Sie sagt ihm, daß er keine Angst haben muß.

Aber Krysztoff schweigt. Schließlich ist es Klara, die die rettende Idee hat.

»Paßt mal auf«, sagt sie, »das verstehe ich natürlich. Du weißt nicht, ob du uns vertrauen kannst. Also ist es das beste, du kommst erst einmal mit. Hier im Wald kannst du nicht bleiben. Du wirst uns kennenlernen. Du wirst sehen, wir sind ganz nette Leute. Und wenn du dann Vertrauen zu uns bekommen hast, kannst du uns immer noch deine Geschichte erzählen. Aber eins mußt du mir jetzt schon sagen. Die Jungen haben mir erzählt, daß du aus Polen kommst. Stimmt das wirklich? Sie sagen, du sprichst sehr gut Deutsch.«

»Meine Großmutter ist eine Deutsche«, antwortet Krysztoff.

Wie er das sagt, klingt es ein bißchen abfällig, finden die Jungen. Aber Klara scheint das nicht zu bemerken.

»Dann haben wir ja jetzt zwei halbe Ausländer bei uns«, sagt sie freundlich.

»Jonnies Mutter ist nämlich Französin, mußt du wissen.«

Ist es nun Klaras freundliche Stimme oder Jonnies französische Mutter, die Krysztoffs Mißtrauen schwinden lassen? Jedenfalls ist er bereit mitzukommen.

»Aber nicht zur Polizei«, sagt er noch.

Sie gehen gemeinsam zurück. Zu Hause wundert man sich nicht schlecht über den neuen Gast. Aber als Klara ihn vorstellt und erklärt, er sei ein Freund von Jonnie und David, und sie würden später darüber sprechen, weshalb Krysztoff zu ihnen gekommen ist, scheint das erst einmal Erklärung genug zu sein. Man läßt ihn in Ruhe.

Der Dorfpolizist ist inzwischen dagewesen und hat ein Protokoll aufgenommen. Fast tut es den Jungen leid, daß sie nicht dabei waren. Aber Andris' Vater ahmt zum Vergnügen aller den Polizisten nach:

»Hatte das Auto auch eine Nummer? Können Sie erklären, wie es kommt, daß Sie nichts gehört haben? Schließlich stand der Wagen doch direkt vor dem Haus?«

»Wir hatten gestern eine kleine Feier, wissen Sie.«

»So, so, eine kleine Feier. Einige feiern eben, und andere schlafen.«

Klara soll übrigens noch auf die Wache kommen und die Angaben über ihr Auto bestätigen. Beruhigend schüttelt sie den Kopf, als Krysztoff sie entsetzt ansieht. Sie wird nichts sagen, erst mal jedenfalls nicht.

Krysztoffs Geschichte

Von da an gehört Krysztoff zur Familie. Die Jungen können sich bald gar nicht mehr vorstellen, wie es war, als sie ihm noch jeden Morgen das Frühstück in den Wald gebracht haben. Krysztoff hilft beim Ausbau von Andris' Zimmer. Er spielt mit Max, der inzwischen keine Lust mehr hat, zum Nachbarn zu gehen. Er hilft Klara beim Gemüseputzen, und einmal redet er sogar mit Sybille über einen polnischen Komponisten, der Chopin heißt und von dem Sybille gerade ein Stück einübt.

»Eine Polonaise«, sagt er sachverständig.

Sybille wundert sich überhaupt nicht. Für sie sind sowieso alle Polen musikalisch, wie sie jetzt des öfteren erklärt. Und überhaupt sei dieser Chopin der Allergrößte.

»Und was ist mit Beethoven?« fragt Klaras Herzensfreund.

»Typisch deutsch«, erklärt dann Sybille.

Wenn übrigens Sybille »Typisch deutsch« in diesem etwas abfälligen Ton durch die Gegend schmettert, dann sind das die seltenen Augenblicke, in denen Krysztoff lacht. Man kann nicht sagen, daß er zu anderen Zeiten unfreundlich wäre. Aber im Grunde ist er immer ein wenig traurig und manchmal auch unruhig, so als erwarte er irgend etwas Unangenehmes. Seine Freunde bemerken das wohl. Eigentlich warten sie und auch die Erwachsenen darauf, daß er ihnen endlich seine ganze Geschichte erzählt. Und eines Abends ist es dann soweit. Am Abend vor dem Sommerfest.

Sie sitzen alle zusammen unter dem Kirschbaum. Es gibt haufenweise belegte Brote, Wein für die Erwachsenen und Saft für die Kinder. Das neue Zimmer ist nun doch nicht ganz fertig geworden, aber alle anderen Vorbereitungen für das Sommerfest sind abgeschlossen. Das Fest feiern sie jedes Jahr. Die Nachbarn aus dem Dorf werden erwartet, und auch aus der Stadt werden noch Leute kommen.

Es ist ein schöner, friedlicher Abend. Die Schwalben fliegen ganz hoch oben, was schönes Wetter für den nächsten Tag verspricht, und der Wind geht nur ganz leicht über die gelben Felder, die langsam dunkel werden.

»Schön auf dem Land, eigentlich«, sagt jemand.

Und da sagt Krysztoff: »Ich finde es bei uns schöner.«

Das sagt er so entschieden und selbstbewußt, daß ihn alle einen Augenblick erstaunt ansehen.

»Wir haben noch Wasser, das Meer eben«, sagt er, ein bißchen leiser zwar jetzt, aber gar nicht eingeschüchtert.

»Schwierig für uns, sich das vorzustellen«, meint Andris' Vater. »Wir wissen ja nicht, aus welcher Ecke Polens du kommst.«

Krysztoff zögert mit der Antwort.

»Vielleicht erzählst du uns einfach heute Abend deine Geschichte?«

Es ist Sybille, die gefragt hat. Und vielleicht weil es Sybille ist, vielleicht auch, weil er keine Lust mehr hat, jemand ganz ohne Vergangenheit zu sein, bestimmt aber, weil er inzwischen Vertrauen bekommen hat, erzählt Krysztoff, wie er in den Wald gekommen ist.

»Wir wohnen in einer Stadt, die Swienoujcie heißt. Die Stadt liegt zwischen Flüssen und am Meer.«

»Wer wohnt da?« fragt Klara.

»Meine Mutter, meine Urgroßmutter und ich«, antwortet Krysztoff. »Meine Urgroßmutter ist eine Deutsche. Als die große Umsiedlung war, nach dem zweiten Weltkrieg, durfte sie dableiben. Sie hat im Krieg, als die Deutschen uns überfallen haben, Polen bei sich versteckt, die von den Deutschen verfolgt wurden. Sie hat mir die deutsche Sprache beigebracht, aber heimlich. Die Deutschen waren bei uns nicht sehr beliebt. Auch meine Urgroßmutter mag die Deutschen nicht. Wegen dem Krieg. Die Leute erzählen schlimme Sache über euch.«

Er macht eine Pause und überlegt.

»Kann ja sein, es stimmt nicht alles«, sagt er dann versöhnlich. »Ihr seid in Ordnung, soweit man sehen kann.«

»Aber weshalb bist du dann hierher gekommen?«

Das ist natürlich David, der fragt.

»Bei uns ist es nicht so wie bei euch«, antwortet Krysztoff. »Zum Beispiel sind viele Häuser nicht in Ordnung, ziemlich kaputt sogar. Meine Urgroßmutter braucht dringend einen neuen Rollstuhl. Aber es gibt keinen. Es gibt auch immer weniger Arbeit. Viele Leute gehen im Sommer nach Deutschland. Bei euch gibt es Arbeit und Geld.«

»Auch Kinder gehen nach Deutschland?« fragt Sybille.

»Nein, eigentlich nicht, glaube ich. Meine Mutter kannte zwei Männer, die nach Deutschland wollten. Die wollten mich gern mitnehmen, weil ich deutsch spreche. Ich sollte ihnen helfen bei ihren Geschäften.«

Er macht eine Pause und sagt dann heftig:

»Meine Mutter weiß nichts von ihren Geschäften. Ganz bestimmt weiß sie nichts.«

Davids Vater, der neben ihm sitzt, legt beruhigend seinen Arm um Krysztoffs Schulter.

»Ich fand es gut, nach Deutschland zu gehen. Wir haben im Sommer sowieso Ferien. In den Ferien kann man manchmal Geld verdienen, wenn man einen Job findet. Ich hatte aber keinen gefunden. Jan und Frans wollten mich bezahlen, wenn ich mitkäme. Meine Mutter war einverstanden. Wir können das Geld gut gebrauchen. Im Grunde bin ich ja auch groß genug.«

»Wie alt bist du?« fragt Klara.

»Vierzehn. – Wir sind dann nach Hamburg gefahren, um Autos zu holen. Wir sind mit der Bahn gefahren. In Hamburg haben wir in einem Hotel am Hafen gewohnt. Da hab' ich zum ersten Mal gemerkt, daß etwas nicht stimmt mit den beiden. Sie haben den ganzen Tag geschlafen. Erst abends sind sie aufgestanden und weggegangen. Zu mir haben sie gesagt, ich sollte mir ruhig die Stadt ansehen und den Hafen. Sie würden mir sagen, wenn sie mich brauchen. Sie haben mir ein bißchen Geld gegeben. Die Stadt ist schön. Die Häuser sind alle heil. Aber am besten hat mir der Hafen gefallen. Und diese große Brücke, die über dem Hafen liegt.«

»Die Köhlbrandbrücke«, wirft jemand ein.

»So etwas müßte man bei uns haben. Bei uns gibt es keine Brücke, obwohl die Stadt sehr gut ein paar gebrauchen könnte. Unsere Stadt liegt mitten im Wasser. Man muß dauernd auf die Fähre warten, wenn man hinüber will.«

»Aber irgend etwas muß doch schiefgegangen sein, sonst wärst du nicht bei uns gelandet!«

»Ja. Eines Morgens blieben die beiden nicht im Bett. Sie waren sehr aufgeregt. Es ging um eine Lieferung Autos, die uns versprochen worden war. Karel, mit dem sie sich manchmal getroffen haben, hatte sie an jemand anders gegeben. Es schien so, als sei unsere Reise umsonst gewesen. Gegen Abend sind sie weggegangen, um diesen Karel zu treffen. Ich blieb im Hotel. Wir hatten einen Fernseher im Zimmer, und ich wollte mir einen Film ansehen. Der Film hat ziemlich lange gedauert, bis halb zwölf, glaube ich. Er war gerade zu Ende, da hat es in der Straße vor dem Hotel einen furchtbaren Knall gegeben, eine Explosion. Ich bin ans Fenster gelaufen. Da brannte ein Auto. Ganz in der Nähe. Es sah aus, als wenn eine Bombe darin explodiert wäre. Ein Mann hing aus der Fahrertür. Es kamen Leute angelaufen, aber sie trauten sich nicht, näher heranzugehen. Dann gab es einen zweiten Knall. Eine Stichflamme schoß hoch, fast bis an die Fenster im zweiten Stock. Und dann sah ich Jan und Frans. Sie liefen über die Straße. Das brennende Auto haben sie gar nicht beachtet. Sie kamen auf unseren Hoteleingang zu. Gleich darauf waren sie oben. Los, komm, riefen sie. Ich hatte nicht mal Zeit, meine Zahnbürste aus dem Bad zu holen. Sie zogen mich am Arm hinter sich her. Wir liefen, bis wir am Bahnhof waren. Da setzten sie sich auf eine Bank und überlegten, was wir jetzt machen sollten.«

»Haben die das Auto angesteckt?« fragt Andris.

Alle sehen Krysztoff an, der blaß und schmal in der Dämmerung dasitzt, so als säße ihm der Schreck von damals noch in den Knochen.

»Ich weiß nicht«, antwortet er »Vielleicht. Vielleicht war der Mann in dem Auto Karel. Ich habe nicht gewagt zu fragen. Und sie haben mir verboten, mit irgendwem über das zu sprechen, was ich gesehen habe, oder sie würden mich verschwinden lassen. Sie hatten Angst, sie könnten festgenommen werden. Sie wollten nicht in der Stadt bleiben. Es sollte erst mal Gras über die Sache wachsen. Deshalb haben sie beschlossen, für ein paar Tage aufs Land zu fahren, da Arbeit zu suchen, und – wenn die Luft rein ist – wieder zurück nach Hamburg zu gehen. Sie haben Fahrkarten gekauft, und wir sind losgefahren. Und als der Zug zum erstenmal hielt, bin ich abgehauen.«

Einen Augenblick sagt niemand etwas. Alle sind mit Krysztoffs Geschichte beschäftigt.

»Dann bist du von Lüneburg hierher zu Fuß gekommen?« fragt Klara.

»Das war nicht schlimm. Ich bin einfach losgegangen. Der Hunger war viel schlimmer. Und dann dachte ich immer, vielleicht sind sie mir auf den Fersen. Ich hab' jedenfalls gezittert.«

Das glauben ihm alle aufs Wort. Und sie verstehen jetzt, weshalb er die Männer für gefährlich hält und weshalb er sich vor ihnen versteckt.

»Warum bist du nicht zur Polizei gegangen?« fragen sie.

»Und was ist, wenn Jan und Frans erfahren, daß ich bei der Polizei war? Die werden mich umbringen. Und außerdem: zur deutschen Polizei? Daß sie mich als Verbrecher einsperren? Wo ich doch mit den beiden zusammen war? Der deutschen Polizei, hat Danuta gesagt, soll man als allerletztes trauen.«

Danuta ist die Urgroßmutter. Die Jungen verstehen nicht, weshalb nun gerade die deutsche Polizei für Polen besonders gefährlich sein soll. Aber die Erwachsenen scheinen sich mit Krysztoffs Erklärung zufriedenzugeben.

»Aber was willst du nun machen?« fragt Davids Mutter, die eine sehr praktische Frau ist. »Du kannst natürlich gern hierbleiben, solange du willst. Aber wird sich deine Mutter nicht Sorgen machen?«

»Ich habe einen Plan. Ich warte noch ein bißchen, bis die Luft rein ist. Und dann fahre ich nach Hause. Ich stelle mich an die Straße, und irgendwer wird mich schon mitnehmen. Fahrgeld hab' ich nämlich nicht. Und meinen Paß haben Jan und Frans.«

»Dann kommst du doch nie über die Grenze«, wirft Klaras Freund ein. »Du mußt mit uns zur Polizei gehen. Wir stehen dir bei.«

Krysztoff schüttelt den Kopf.

»Wir müssen uns alles noch mal genau überlegen«, sagt Klara. »Nur nicht mehr heute abend. Morgen ist auch noch ein Tag.«

Alle gehen schlafen. Zurück bleibt nur der Mond, der in der stillen Nacht in den Zweigen des Kirschbaums hängt, als wäre er eine vergessene Laterne.

Das Sommerfest

Am späten Nachmittag des nächsten Tages kommen die ersten Gäste, und dann geht's Schlag auf Schlag.

»Ihr kümmert euch um die Kinder«, hat Klara ihnen aufgetragen.

Das tun Jonnie, David und Andris eigentlich nicht so gern. Man weiß nie, was für komische Kinder die Leute mitbringen. Beim letzten Sommerfest waren zwei Jungen dabei, die wollten dauernd nur angeben. Wie viele Pferde sie auf ihrem Hof hätten und daß ihr Vater Schweinezüchter sei und schon viele Preise gewonnen habe.

»Ach, dann hat er dich wohl auch gezüchtet? Man muß sich doch sehr wundern, wofür heute schon Preise ausgegeben werden«, hatte David gesagt, nur um diesen Angeber ein bißchen zu ärgern. Und dann ging die große Klopperei los. Wenn Jonnie nicht mitgemischt hätte, dann wäre die Sache für David übel ausgegangen. So war der Kampf schließlich unentschieden geblieben. Ein paar Erwachsene hatten sie getrennt. Das hatte einen erniedrigenden Beigeschmack, übrigens für beide Parteien, und das Sommerfest war ihnen fast bis zum Ende verleidet gewesen.

Diesmal allerdings stimmten sie mit Freuden der Betreuungsaufgabe zu, denn Krysztoff hatte gleich erklärt, er würde ihnen helfen. Da sollten sie nur kommen, die Herren Schweinezüchter!

»Und keine Schlacht, bitte, wie beim letzten Mal«, muß Klara natürlich sagen, die ihre kampfeslüsternen Mienen sehr wohl zu deuten weiß.

»Wo denkst du hin, Klara. Man wird sich doch nicht die Hände schmutzig machen«, sagen sie.

Aber sie kichern dabei und ziehen Krysztoff in eine abgelegene Ecke, um ihn in den Stand der Auseinandersetzungen einzuweihen. Aber Krysztoff hat keine Lust auf Klopperei. Er schlägt vor, in den Wald zu gehen, und sein Vorschlag wird angenommen. Seit sie ihn zusammen mit Klara aus dem Wald geholt haben, sind sie nicht mehr dort gewesen. Man kann nachsehen, ob die Höhle noch in Ordnung ist. Und wer weiß, vielleicht bringen die anderen auch Verstärkung mit? Irgendeinen großen Schweinsbruder vielleicht?

Die anderen bringen niemanden mit. Sie kommen ganz manierlich mit ihren Eltern angefahren.

Am Ende sind es zehn Kinder, mit Krysztoff sogar elf, die über die Wiese in den Zauberwald wandern. Krysztoff zieht einen Bollerwagen, in dem Max sitzt und die Proviantttüten bewacht. Seine Mutter steht in der Tür und winkt ihnen nach.

»Wer jetzt nicht kommt, muß hinterherzockeln«, kräht Max fröhlich.

Unter den Kindern, die mit in den Zauberwald gekommen sind, ist ein Mädchen, Sinje, die David und Jonnie gut gefällt. Sie ist ganz anders als die Mädchen in ihrer Klasse. Zwar ist sie genauso alt wie die beiden, aber im Laufen und Klettern ist sie beinahe noch schneller als Jonnie, der nun wirklich keine lahme Ente ist.

Auf dem Rückweg, in der Dämmerung, bleiben David und Jonnie neben Sinje. Andris hat sich mit einem Jungen aus dem Dorf angefreundet. Er hat zwar Schweine, aber kein Terrarium, deshalb hört er ihm interessiert zu. Niemand scheint es eilig zu haben, nach Hause zu kommen. In kleinen Gruppen wandern sie über die Wiese zurück, Krysztoff mit dem schon fast schlafenden Max im Wagen und ein paar kleinen Kindern, Andris mit den größeren Jungen und am Schluß David und Jonnie mit Sinje.

»Und wieso bist du im letzten Jahr beim Sommerfest nicht dabei gewesen?« fragt David.

»Ich weiß nicht, ich glaub', wir hatten Urlaub«, antwortet Sinje. »Manchmal fahren wir an die See, wenn Ferien sind. Diesmal hätte es auch beinahe geklappt. Aber dann war mit einmal so viel Arbeit auf dem Hof, daß wir nicht weg konnten.«

»Mußt du mithelfen?« fragt Jonnie. »Darfst du schon Trecker fahren?«

»Nächstes Jahr, hat mein Vater gesagt. Wenn ich zehn bin, darf ich mit dem Trecker aufs Feld. Auf dem Hof rumfahren darf ich jetzt schon.«

Die Jungen sind beeindruckt.

»Und jetzt fährt dein Vater den Trecker oder deine Mutter?«

»Nein.« Sinje lacht. »Nee, jetzt haben wir für ein paar Wochen zwei Leute eingestellt. Einen für den Trecker und einen fürs Vieh. Sie sind aus Polen. Viel reden kann man mit ihnen nicht. Sie sprechen wenig Deutsch. Aber die Arbeit machen sie ordentlich, sagt Vater.«

Einen Augenblick ist es still. Die Jungen sehen sich an.

»Ja, ja, die Welt ist voller Polen«, sagt David.

Er sagt es mit beiläufiger Stimme, so als würde er sagen: »Heute ist gutes Wetter«, oder »Reich mir doch mal die Butter«, und dabei schüttelt er hinter Sinjes Rücken heftig den Kopf. Jonnie begreift sofort.

»Wie kommst du denn darauf?« fragt Sinje, »ich hab' bisher nur zwei gesehen.«

Aber da schießt Jonnie einen Stein nach vorn, ruft: »Wer zuerst da ist!« und alle drei rennen los. Die Polen sind vergessen. Jedenfalls für Sinje.

Das erste, was sie hören, als sie in die Nähe des Hauses kommen, ist das Klavier.

»Jetzt tanzen sie«, sagt Jonnie. Man kann ihm anhören, wie blöd er die Tanzerei findet.

»Ich tanze gern«, ruft Sinje und geht eilig auf das Haus zu. David und Jonnie folgen ihr langsam.

»Da muß sie sich leider jemand anders suchen«, sagt Jonnie. »Das ist mir zu albern. – Meinst du, sie sind es?«

»Ich hab' keine Ahnung. Krysztoff hat gesagt, es kommen viele Polen hierher, um zu arbeiten. Es können auch ganz andere sein.«

»Man müßte einen Beweis haben.«

»Wir hätten Sinje fragen sollen, wie sie aussehen.«

»Können wir ja noch machen«, sagt David.

Er zögert. Es gefällt ihm nicht, Sinje einzuweihen. Und er hat eine andere Idee.

»Wir könnten hingehen und die Kerle fotografieren. Auf den Bildern haben wir dann gleich den Beweis. Entweder sie sind es, oder sie sind es nicht. Wenn sie es sind, geben wir das Bild den Erwachsenen. Die können dann überlegen, was zu tun ist.«

»Und wie willst du ohne Kamera fotografieren?«

»Sieh mal, da.«

David zeigt auf das Klavier. Da sitzt Sybille und spielt. Ihre roten Haare hängen bis auf den Klavierhocker. Daneben steht Sinje. Und neben Sinje, auf der alten Truhe, da liegt die Sofortbildkamera. Wie die funktioniert, wissen sie beide.

»Man muß sie holen, bevor sie den ganzen Film verknipst haben«, flüstert Jonnie. »Lenk sie ab.«

David geht auf Sinje zu.

»Willst du –«, sagt er.

»Oh ja«, antwortet Sinje, nimmt ihn bei den Händen und zieht ihn auf die Tanzfläche. Sie hat ja keine Ahnung, daß

David sie etwas ganz anderes fragen wollte. Tapfer hopst er jetzt mit ihr herum, immer mit einem Auge bei Jonnie.

Man muß zu Davids Ehre sagen, daß er Sinje nicht einfach stehenläßt, als er sieht, daß Jonnie die Kamera in Sicherheit gebracht hat. Er tanzt den Tanz mit ihr bis zum Ende. Nur zu einem zweiten läßt er sich nicht überreden.

»Meinst du, deine Eltern werden erlauben, daß wir dich nach Hause bringen, wenn das Fest zu Ende ist?« Und plötzlich denkt David: Wie schön, daß diese Männer da auf dem Hof sitzen. Wir können mit Sinje durch die Nacht wandern.

»Wieso nicht«, antwortet Sinje. »Wollen wir nicht gleich gehen? Ich hab' hier sowieso keine Lust mehr. Ich frag' mal.«

Und schon ist sie weg. David sieht sich nach Jonnie um. Er entdeckt ihn mit Andris hinter dem Stall.

»Kommt er mit?« fragt David.

»Na klar«, antwortet Andris.

Er freut sich, daß Jonnie ihn eingeweiht hat. Es scheint, als sei ihre Freundschaft wirklich von längerer Dauer.

»Drei Augen sehen mehr als zwei«, fügt er hinzu.

Jonnie und David prusten los. Andris sieht sie verwundert an. Was haben die beiden? Da hören sie Sinje rufen.

»Kein Wort zu ihr«, verabreden sie noch, dann laufen sie auf den Hof. Die Kamera befestigt David unter seinem Sweatshirt am Hosenbund.

»Sieht man was?« fragt er Andris im Laufen. Der schüttelt den Kopf.

»Nur 'ne kleine Beule.«

»Meine Eltern wollen noch hierbleiben. Wir können schon vorgehen, wenn wir wollen. Wolln wir?«

Sinjes Augen glänzen im Lampionlicht. Na klar wollen die drei.

Gefahr

Der Weg zum Hof von Sinjes Eltern ist ungefähr zwei Kilometer lang. Man braucht vielleicht eine halbe Stunde, wenn man gemütlich geht. Eine halbe Stunde ist nicht viel im Leben eines Menschen. Aber für Jonnie, David und Andris wird diese halbe Stunde zu etwas, an das sie sich ihr ganzes Leben lang erinnern werden.

Sie gehen über den Feldweg zu Sinjes Hof. Es ist sehr still. Rechts und links liegen die Felder. Das Korn ist fast schwarz im Mondlicht. Hin und wieder hören sie ein Käuzchen rufen. Einmal streicht ganz dicht vor ihnen ein großer, dunkler Vogel über den Weg, tief und lautlos.

»Eine Eule«, sagt Sinje.

Sie spricht leise. Aus irgendeinem Grund sprechen die Kinder überhaupt leise miteinander. Sinje fragt nach der Stadt. Wie sie wohnen und wie es bei ihnen zu Hause ist. Jonnie erzählt von seinen zwei Zimmern. Und daß er es schön fände, wenn Sinje ihn mal besuchte. Auch die beiden anderen laden sie ein. Aber Jonnie besteht darauf, daß sie zuerst zu ihm kommt.

»Du hast ja Max. Schließlich hab' ich keine Geschwister«, sagt er zu David.

»Und ich? Hab' ich etwa Geschwister?«

Auch Andris hat zwei Zimmer und keine Geschwister. Er könnte also genausogut Sinje als erster aufnehmen. Aber er verzichtet großmütig. Ihm ist sowieso nicht klar, was er mit ihr den ganzen Tag anfangen sollte. Er hat bisher noch nicht bemerkt, daß sie sich für die gleichen Dinge interessert wie er, für Schlangen zum Beispiel oder dafür, wie es aussieht, wenn Keime aus den Bohnen kommen.

Sinje fragt, die Jungen antworten. Erst hört sie noch zu, sagt aber nichts mehr. Schließlich hören die Jungen auch auf zu reden. Eine Weile gehen sie schweigend nebeneinander her. Und dann, auf einmal, fängt Sinje an zu singen. Sie singt:

»Der Mond ist aufgegangen,
die goldnen Sternlein prangen,
am Himmel hell und klar.
Der Wald steht schwarz und schweiget,
und aus den Wiesen steiget
der weiße Nebel wunderbar.«

Und um sie herum ist alles genauso, wie Sinje singt.

Dann sehen sie den Hof. Zuerst sehen sie die beiden großen Laternen an der Einfahrt. Bald stehen sie vor der Haustür.

»Jetzt bin ich wirklich müde«, sagt Sinje. »Gute Nacht, und danke, daß ihr mich hergebracht habt.«

Sie geht ins Haus. Die Jungen haben noch immer ihr Lied im Kopf, und fast wären sie umgekehrt und einfach wieder nach Hause gegangen. Glücklicherweise spürt David rechtzeitig die Kamera unter seinem Sweatshirt.

»Und jetzt?« flüstert er.

Hier sind sie nun auf Sinjes Hof. Aber wie sollen sie die Männer finden?

»Los, erst mal in den Schatten.«

Sie schleichen von der Haustür weg, in den Schatten der großen Mauer, die den Hof umgibt. Da stehen sie nun und sehen sich um. David und Jonnie sind schon ein- oder zweimal auf dem Hof gewesen. Aber da war es immer Tag. Jetzt, im Dunkeln, sieht alles ganz anders aus. Sie brauchen eine Weile, um sich zurechtzufinden.

Da drüben links sind die Ställe. Das da, neben dem Wohnhaus, muß die Scheune sein. Der große Baum in der Mitte des Hofes hat eine Bank um den Stamm. Sitzt da jemand auf der Bank? Nein, das ist nur der Schatten eines alten, eisernen Pfluges, der in der Nähe der Haustür steht. Und was da so schwankt, ist der Blumenkübel, der zwischen seinen Griffen hängt.

»Da ist Licht«, flüstert Andris.

Sie sehen zum Wohnhaus hinüber, wo Sinje inzwischen in ihr Zimmer gegangen ist und das Licht angemacht hat.

»Nein, nicht da. Hinter der Scheune.«

Tatsächlich. Durch die geöffneten Tore können sie auf der anderen Seite der Scheune die dunklen Umrisse eines kleinen Häuschens erkennen. Ein Fenster ist erleuchtet.

»Das ist die Wohnung neben dem Stall«, flüstert David. »Im letzten Jahr haben wir da mal gespielt.«

Es wird ihnen klar, daß sie da hinüber müssen, wenn sie wissen wollen, ob die Männer, die sie suchen, dort wohnen. David holt die Kamera hervor. Dann schleichen sie an der Mauer entlang. Sie bleiben im Schatten, solange sie können.

»Da.«

Andris zeigt aufgeregt auf eine Hundehütte, die plötzlich vor ihnen steht. Er hat vor Tieren überhaupt keine Angst. Aber er weiß, daß Kettenhunde gefährlich sind. Er weiß das von seiner Mutter, die als Kind einmal gebissen wurde.

»Keiner drin«, flüstert Jonnie beruhigend. »Einen Hund haben sie nicht mehr.«

Er weiß das, weil sie im letzten Jahr auch in der Hundehütte gespielt haben. Daran, daß Sinjes Eltern inzwischen vielleicht einen neuen Hund angeschafft haben könnten, denkt er nicht. Glücklicherweise haben sie es nicht getan.

An der Hundehütte vorbei laufen die Jungen in die Scheune. Hier fühlen sie sich erst einmal sicher. Die Scheune ist leer bis auf einen großen Mähdrescher, der in der Dunkelheit und aus der Nähe noch riesiger wirkt als am Tage auf dem Feld. Neben dem Mähdrescher bleiben sie stehen und sehen durch das hintere Scheunentor auf das erleuchtete Fenster.

Das niedrige Wohnhaus ist an die Ställe angebaut worden. In den Ställen sind Schweine. Das wissen sie. Neben der Haustür, unter dem Fenster, steht eine alte Bank. Das Licht aus dem Fenster fällt auf die Sitzfläche. Der Raum unter der Bank gleicht von hier aus einer Höhle.

»Wir schleichen über den Hof und sehen ins Fenster. Wenn sie es sind, machen wir ein Foto und haun wieder ab.«

»Und wenn sie es nicht sind? Erst muß einer nachsehen. Wenn sie es sind, winkst du uns einfach, Jonnie«, sagt David.

Jonnie ist einverstanden. Er huscht über den freien Platz zwischen Scheune und Haus. Sie sehen, wie er sich vorsichtig der Bank nähert. Jetzt kniet er auf dem Sitz und sieht ins Fenster.

Andris spürt plötzlich, wie sein Herz klopft. David fummelt aufgeregt an der Kamera herum. Jonnie winkt nicht. Wieso glotzt er so lange in das Fenster? Sie sehen, daß er vorsichtig die Bank verläßt und gebückt wieder zu ihnen gelaufen kommt.

»Sie sind es«, ruft er beinahe laut, und im Näherkommen noch einmal leiser: »Sie sind es. Sieht aus, als ob sie ihre Sachen packen. Die wollen abhauen.«

Er hat gesehen, daß die beiden Männer Reisetaschen auf den Tisch gestellt haben, in denen sie herumwühlen. Daß sie die Taschen anschließend wieder in den Schrank schoben, sah er nicht mehr. Deshalb glauben sie, daß sie das Foto sofort machen müssen, am besten durch das erleuchtete Fenster. David weiß, daß das möglich ist. Seine Mutter hat ihn erst vor ein paar Tagen so im Schlaf fotografiert.

»Los«, kommandiert Jonnie. »Und seid ja leise. Der Tisch steht ganz dicht neben dem Fenster.«

Hintereinander huschen sie zum Haus hinüber. Jonnie späht noch einmal durchs Fenster. Die Taschen stehen nicht mehr auf dem Tisch. Der eine, der mit der Glatze, sitzt am Tisch und liest Zeitung. Der andere – der andere geht zur Tür. Jetzt hält er die Klinke in der Hand, bleibt stehen und spricht mit dem am Tisch.

»Unter die Bank! Los, unter die Bank! Einer kommt gleich raus.«

Wie der Blitz sind alle drei unter der Bank verschwunden, hocken da, dicht nebeneinander gedrängt und warten, daß die Tür aufgeht. Die Tür bewegt sich nicht. Von drinnen hört man deutlich die Stimmen der Männer. Sie unterhalten sich auf Polnisch.

»Ob sie uns bemerkt haben?« Andris fragt leise.

»Glaube ich nicht«, antwortet Jonnie ebenso leise, »sonst wär'n sie schon draußen.«

David sagt nichts. Er sieht durch den Sucher der Kamera, ein schwieriges Unternehmen in der Enge unter der Bank.

Einer reicht, denkt er. Wenn einer rauskommt und das Licht aus der Tür auf ihn fällt, knipse ich einfach. Das kann er nicht hören. Ich bin zu weit weg.

»Warte nur ab, Bursche«, murmelt er.

Sie hören, daß die Türklinke heruntergedrückt wird.

»Jetzt«, flüstert Jonnie.

Andris spürt wieder sein Herz klopfen. Die Tür geht auf. Zuerst fällt das Licht auf die Steinstufen davor, dann kommt der Mann. Auf der obersten Stufe bleibt er noch einmal stehen.

Jetzt. David drückt ab. Ein heller Blitz schießt unter der Bank hervor. Der Blitz! Natürlich ist das Blitzlicht eingeschaltet. Der Mann an der Tür hat den Blitz sofort bemerkt. Er ruft etwas laut in polnischer Sprache, springt von der Treppe und steht vor der Bank, bevor die drei ihr Versteck verlassen und im Schutz der Dunkelheit davonrennen können.

Auch der andere ist aus dem Haus gekommen. Zuerst ziehen sie David unter der Bank hervor. Er umklammert mit beiden Händen die Kamera und kann sich nicht festhalten. Als die Männer ihn herausgezogen haben, fällt neben ihm das Bild zu Boden. Andris steckt es in seine Hosentasche, aber dann haben sie auch ihn schon am Wickel. Am längsten hält sich Jonnie an den Beinen der Bank fest, aber schließlich muß auch er aufgeben.

Die Männer zerren sie in den Lichtschein, der aus der Tür fällt. Der mit den langen Haaren zeigt auf Andris. Ihre Stimmen sind sehr aufgeregt. Offenbar beratschlagen sie, was sie tun sollen. Sie packen die Jungen fest an den Armen und ziehen sie hinter sich her. Die Jungen versuchen zu schreien, aber die Männer halten Jonnie und David den Mund zu, und Andris' Stimme klingt sehr klein und sehr piepsig, als er schreit. Verzweifelt sieht David durch die dicken Finger in seinem Gesicht zum Fenster von Sinje. Dort ist das Licht ausgegangen. Sinje schläft. Sie hört nicht, wie die Jungen zum Schweinestall geschleppt werden, daß sich die Tür quietschend öffnet, sie grob hineingestoßen werden und die Männer hastig hinter ihnen die Türen verriegeln.

Und da hocken sie nun auf dem Rand eines steinernen Freßtrogs. Hinter ihnen grunzt und quiekt es. Die Schweine sind erschrocken über den nächtlichen Besuch. Und es stinkt erbärmlich.

Ein Foto

Zu Hause ist inzwischen das Sommerfest zu Ende gegangen. Sinjes Eltern sind die letzten, die sich verabschieden.

»Und schick uns mal die Jungen wieder zurück«, sagt Davids Mutter beim Abschied. »Sie sollen sich ein bißchen beeilen mit dem Nachhausekommen. Sie sind jetzt lange genug unterwegs.«

»Ich fahr' langsam, dann sehe ich sie, wenn sie uns auf dem Weg entgegenkommen«, verspricht Sinjes Vater. Er wendet in der Einfahrt unter der Laterne und fährt davon.

Die Hausbewohner hocken beisammen an dem großen Tisch unter dem Kirschbaum. Es ist schön, nach so einem Fest noch ein wenig zusammenzusitzen und zu reden. Und außerdem müssen sie ja auch noch auf die Jungen warten.

»Ich glaube, es hat allen gefallen«, sagt Klara.

Sie schenkt Wein ein und fragt Krysztoff, ob er auch ein Glas Wein trinken möchte.

»Gib ihm Wein. Er ist der Held des Tages. Den ganzen Nachmittag kein Ärger mit den Kindern. Das war großartig. Du kannst am besten gleich hierbleiben.«

Es ist Davids Vater, der so redet und von dem man weiß, daß er gern seine Ruhe hat.

»Ich hab' schon mal Wein getrunken. Und außerdem kriegt man ihn bei uns in der Kirche«, antwortet Krysztoff. Und dann fragt er noch: »Das mit dem Hierbleiben, haben Sie das ernst gemeint?«

»Na klar«, antwortet Davids Vater.

Aber da seine Stimme so klingt, als habe er ein bißchen viel Wein getrunken, wendet Krysztoff sich auch an die anderen.

»Weil ich doch am Anfang der Ferien von zu Hause weggegangen bin, um in Deutschland Geld zu verdienen. Ich könnte versuchen, ob ich hier im Dorf eine Arbeit bekomme. Ich – wir könnten das Geld so gut gebrauchen.«

»Für etwas Bestimmtes?« fragt Klara.

Vielleicht stellt sie sich vor, daß in Krysztoffs Familie irgend etwas besonders nötig gebraucht wird, was es in Polen nicht zu kaufen gibt, und sie könnten es ihm alle zusammen schenken.

»In dem Haus, in dem wir wohnen, ist die untere Wohnung zugenagelt. Man kann nicht drin wohnen, weil der Fußboden kaputt ist. Wir wohnen in der Wohnung darüber. Die ist auch nicht gut, aber man darf noch drin wohnen. Nur für Danuta ist das ganz schlecht. Sie kann nie mehr nach draußen. Weil sie doch im Rollstuhl sitzt. Mutter würde gern in die untere Wohnung ziehen. Aber da müßten wir erst mal Geld haben, um das Material für die neuen Fußböden kaufen zu können. Mutter arbeitet im Café am Markt. Sie verdient aber nicht genug. Deshalb war sie ja einverstanden, daß ich mit Jan und Frans nach Deutschland gehe.«

Das war eine lange Rede. Krysztoff holt erst mal tief Luft, nachdem er aufgehört hat zu sprechen. Die Erwachsenen beginnen darüber nachzudenken, wie sie Krysztoff eine Arbeit beschaffen können.

»Ach Quatsch«, sagt Sybille. »Er bleibt einfach bei uns. Das Geld für den Fußboden werden wir doch noch zusammenbringen, oder? Oder hattet ihr vor, diese Danuta, die ihr Leben lang auf der richtigen Seite gestanden hat, in ihrer Bruchbude verschimmeln zu lassen?«

»Takt ist nicht gerade deine starke Seite, was?«

Andris' Vater ist ein wenig ärgerlich, als er sieht, wie erschrocken Krysztoff gerade ausgesehen hat. »Der Junge hat uns doch eben erzählt, daß die obere Wohnung bewohnbar ist.«

»Tut mir leid. War nicht so gemeint. Aber bewohnbar oder nicht bewohnbar, sie kommt da nicht raus, das ist das Problem, wenn ich es richtig verstanden habe, oder?«

Jetzt nickt Krysztoff, und gerade, als er noch einmal zu einer Erklärung ansetzen will, sehen sie Scheinwerfer durch die Felder fahren und näherkommen.

»Endlich mal wieder Leben in der Bude«, sagt Andris' Vater, der behauptet, er könne Natur nicht ausstehen, und vorhin noch zu Klara gesagt hat, der Mond über den Feldern sei kitschig im Vergleich zum Mond über Bilbao, vom Mond über Soho ganz zu schweigen.

Das ist Sinjes Vater, denken alle.

Tatsächlich fährt das Auto auf den Hof, kommt sogar bis dicht an den Kirschbaum herangefahren und hält. Bevor noch Sinjes Vater aussteigen kann, wird die rechte hintere Tür aufgestoßen. Fast übereinander fallend, kommen Jonnie, David und Andris heraus, eingehüllt in eine Wolke lieblichen Schweinedufts.

»Eingesperrt, die ganze Zeit eingesperrt.«

»Wir haben sie.«

»Der Fotoapparat ist weg.«

»Mich haben sie genau erkannt.«

Die Jungen sind aufgeregt und möchten ihre Geschichte so schnell wie möglich loswerden. Aber niemand versteht etwas. Alle reden und fragen durcheinander. Jonnie ist zu seinem Vater gelaufen, steht zwischen dessen Knien und boxt in der Luft herum.

»So und so und so hab' ich mich gewehrt. Aber ich konnte nichts machen. Sie haben uns doch erwischt.«

»Ich glaube, ich muß mal ein bißchen erklären.« Sinjes Vater kommt an den Tisch.

»Die Jungen haben Sinje nach Hause gebracht und sind dann dageblieben, um meine beiden polnischen Arbeiter zu fotografieren. Wie sie allerdings auf die Idee gekommen sind, unbedingt ein Foto von denen zu machen, das weiß ich auch nicht. Es ist ziemlich verworren, was sie erzählen. Sie sagen, die beiden hätten Klaras Auto geklaut. Anscheinend haben die Männer die Jungen in den Schweinestall gesperrt. Ich hab' gehört, wie sie gegen die Tür schlugen, als ich nach Hause kam, und hab' sie da rausgeholt. Ich wollte sie schnell zurückbringen, weil ich dachte, ihr macht euch inzwischen Sorgen. Ich würd' gern wieder fahren, wenn ihr nichts dagegen habt. Ich hab' die Leute nicht gefunden und will sehen, was da los ist.«

Er winkt, steigt in sein Auto und fährt rückwärts vom Hof.

»Glaubt ihr wirklich, daß ihr die beiden Polen gesehen habt, mit denen Krysztoff gekommen ist?« fragt Klara.

»Und die dein Auto geklaut haben. Na klar, war'n die das.«

»Wär' schön, wenn man es beweisen könnte. Herr Dunkelmann wird mit eurer Geschichte nicht viel anfangen können, beweismäßig«, sagt Jonnies Vater.

»Und was ist das hier?« ruft Andris plötzlich aufgeregt. Er steht neben dem Tisch und wühlt mit beiden Händen in seinen Hosentaschen herum. »Und was ist das hier?«

»Das würden wir auch gern wissen«, sagt sein Vater.

Endlich hat Andris gefunden, wonach er suchte. Triumphierend hält er ein viereckiges Stück Papier in die Höhe.

»Das Foto! Er hat das Foto!«

Jonnie und David rennen um den Tisch herum zu Andris, reißen dessen Arm herunter und sehen auf das Foto in seiner Hand. Jetzt haben sie es schwarz auf weiß. Oder vielmehr schwarz auf orange-rot. Da steht in einem orange-roten Lichtstreifen ein langer, dünner Mann. Von seinem Gesicht sieht man eigentlich mehr das Profil. Es hebt sich klar von dem helleren Hintergrund ab. Auch die im Nacken zusammengebundenen Haare sind deutlich zu erkennen.

»Genauso hat er ausgesehen, als er aus der Tür kam«, sagt David.

»Und unter der Laterne bei den Autos auch«, fügt Jonnie hinzu.

Jetzt wollen alle das Foto sehen. Es wandert um den Tisch, wird von jedem ans Windlicht gehalten und begutachtet. Dann wird beschlossen, es am nächsten Morgen zu Herrn Dunkelmann zu bringen. Schließlich ist das Foto ein Beweismittel.

Es ist niemandem aufgefallen, daß sich Krysztoff nicht an dem Gespräch beteiligt. Still und mit traurigem Gesicht sitzt er am Tisch und ist mit seinen Gedanken weit weg. Sie zeigen ihm das Foto, und er nickt. Ja, das ist einer der Männer. Krysztoff sagt kein Wort.

Sehr spät, oder besser, sehr früh, über dem Wald im Osten ist ein türkisfarbener Streifen zu sehen, gehen sie ins Bett.

Ein Pirat und eine Botschaft

Lange bleiben alle am nächsten Morgen in ihren Betten und schlafen.

Als erster wacht Max auf. Kein Wunder, er wurde am Abend zuvor als erster ins Bett gebracht. Er blinzelt zu David hinüber. Der hat das Deckbett so hochgezogen, daß man nur seine Haare sehen kann. Unschlüssig bleibt Max im Bett sitzen. Es ist langweilig, allein zu spielen. Im Haus ist es so still, daß er die Schwalbe zwitschern hört, die draußen am Fenster vorbeisaust. Schwalben sind auch langweilig. Man müßte – plötzlich hat Max eine Idee.

Sein Lieblingsspielzeug ist im Augenblick der Gartenschlauch. Gestern, als die vielen Leute da waren, hat man ihm den Schlauch weggenommen. Es gab ein bißchen Theater deswegen, aber er durfte den Gartenschlauch nicht mehr in die Hand nehmen.

Wenn sie ihn draußen liegengelassen haben, denkt Max, dann könnte ich jetzt ganz allein damit spielen.

Er rutscht vorsichtig von der Bettkante, öffnet so leise er kann die Tür, macht sie leise hinter sich wieder zu und flitzt barfuß durch die Küche in den Hof. Da hängt der Schlauch, ordentlich aufgerollt neben dem Wasserhahn!

Man muß ihn in die Regentonne halten, denkt Max.

Es wird für den kleinen Kerl eine mühsame Arbeit, den schweren Schlauch vom Haken zu wickeln, aber er schafft es. Dann noch das Wasser anstellen, neben die Regentonne flitzen, einen Stuhl heranziehen, von denen, die gestern abend nicht mehr weggeräumt wurden –, so, jetzt kann er zusehen, wie sich die Regentonne mit Wasser füllt. Gleich ist das Meer fertig. Als das Wasser in der

Tonne überläuft, zieht er den Schlauch heraus und läßt ihn zur Erde fallen.

Man müßte ein Schiff haben, dann könnte man Pirat spielen, so wie Piro in dem Bilderbuch, das Klara ihm vorgelesen hat. Ein Schiff – woher ein Schiff nehmen? Es liegt eins in seinem Schlafzimmer, aber wenn er die Tür aufmacht, wachen die anderen auf und nehmen ihm den Schlauch weg.

Max rutscht vom Stuhl und geht suchend über den Hof. Was kann man als Schiff verwenden? Schließlich landet er in der Küche. Auf dem Küchentisch stehen zwei Kunststoff-Untersätze für Blumentöpfe, die Klara in den Müll werfen will.

Das müßte gehen, denkt Max, und eine Geheimbotschaft ist auch da.

In dem Piratenbuch, das er kennt, spielt die Geheimbotschaft eine wichtige Rolle. Max schnappt sich die beiden Untersetzer und den daneben liegenden, gefalteten Zettel und läuft wieder in den Hof hinaus. Er läuft mit den Füßen durchs Wasser, denn er hat vergessen, den Wasserhahn wieder abzustellen. Aber draußen ist es warm, die Sonne scheint, und wenn man Pirat spielt, gehört schließlich viel Wasser dazu.

Lange kann Max ungestört spielen. Schließlich hört er aus der Küche Geschirr klappern. Gleich darauf kommt Klara mit einem Tablett voller Tassen und Teller unter den Kirschbaum.

»Na, da hast du deine Chance aber genutzt«, sagt sie lachend, stellt das Tablett ab und geht zurück, um den Wasserhahn zuzudrehen.

Weil sie gar nicht böse ist, springt Max von seinem Stuhl neben der Regentonne und läuft hinter ihr her.

»Wir haben auch eine Botschaft«, ruft er aufgeregt. »Von den Piraten. Lies mal vor, Klara.«

Klara nimmt ihm lachend den Zettel aus der Hand und faltet ihn auseinander. Sie beginnt zu lesen.

»Liebe Freunde, besonders Jonnie, David und Andris, –«

Aber sie liest nicht weiter. Oder doch; nur still für sich.

»Klara, lies laut weiter!« ruft Max neben ihr. Mitten in einer großen Pfütze springt er von einem Bein aufs andere. Die Beine der Schlafanzughose hängen wie nasse Lappen um seine Füße.

»Klara, los, das ist meine Botschaft!«

»Ach, Mäxchen, das glaube ich nicht«, sagt Klara leise.

Sie nimmt den Kleinen auf den Arm, geht mit ihm an den Tisch und setzt sich hin.

»Die Botschaft, die du gefunden hast, ist von Krysztoff«, sagt Klara. »Ich will sie dir vorlesen:

> *Liebe Freunde, besonders Jonnie, David und Andris, ich kann nicht länger in Eurem Haus bleiben. Gestern, als Ihr das Foto herumgereicht habt, da war mir klar, daß ich nicht hierbleiben kann. Ihr werdet das Foto zur Polizei bringen. Ich weiß, daß Ihr meine Freunde seid. Aber ich will nicht ins Gefängnis. Danke für die Verpflegung.*
>
> *Euer Krysztoff.«*

Klara sieht traurig aus, als sie den Zettel in ihre Hosentasche steckt.

»Kommt er nun nicht wieder?« fragt Max.

»Ich glaube nicht«, antwortet Klara. »Komm, wir wollen Jonnie und die anderen wecken.«

Sie gehen ins Haus. Weil Klara Max zuerst die nasse Schlafanzughose ausziehen will, wird David als erster wach.

»Lies noch mal vor, Klara«, sagt er, als Klara ihm vorgelesen hat, was auf dem Zettel steht. »Aber ganz langsam.«

Klara liest noch einmal ganz langsam.

»Ich weiß es«, ruft David. »Er sagt, er kann nicht in unserem Haus bleiben. Er ist wieder im Wald.«

Er rennt aus dem Zimmer, stürzt in Jonnies Zimmer, ruft: »Jonnie, los, aufstehen! Wir müssen in den Wald!«

Er ruft so laut, daß Jonnies Vater ärgerlich »verdammt noch mal, kann man denn hier nicht einmal ausschlafen«, murmelt und sich die Decke über die Ohren zieht.

Jonnie ist schon wach. Er hat im Bett gelegen und nachgedacht. Er findet, daß morgens die beste Zeit zum Nachdenken ist. Am Tage ist immer so viel los. Heute, zum Beispiel, müssen sie mit dem Foto zur Polizei. Und dieser Dunkelmann will sicher alles ganz genau wissen. Wie das war, als sie – und da kommt David ins Zimmer gestürzt.

Auch Jonnie ist der Meinung, daß Krysztoff nur im Wald sein kann.

»Wir gehen hin und sagen ihm, daß wir nicht zur Polizei gehen«, sagt er. »Dann wird er wohl einsehen, daß er ruhig bei uns wohnen bleiben kann.«

Man merkt, daß es ihm nicht leicht fällt, diesen Vorschlag zu machen. Er wäre zu gern mit dem Beweisstück zu Herrn Dunkelmann gegangen. Aber er ist bereit, für Krysztoff darauf zu verzichten.

Sie wecken auch Andris, und wenige Minuten später gehen alle drei zusammen mit Klara und Max in Richtung Wald. Krysztoffs Botschaft haben sie auf dem Tisch im Garten liegengelassen. Klara hat dazugeschrieben: »Wir sehen im Zauberwald nach. Macht schon mal Frühstück.«

Sie hat auch noch schnell für jeden ein Brot zum Mitnehmen gemacht, aber merkwürdig: nur Max ißt unbekümmert sein Brot. David, Jonnie und Andris halten ihres in der Hand, ohne abzubeißen, obwohl sie doch eigentlich Hunger haben müßten.

Der Weg zur Höhle ist noch ausgetreten. Überall finden die Jungen Spuren. Nur Krysztoff finden sie nicht. Klaras bunte Decke liegt zusammengefaltet in der Höhle. Im Brunnenschacht hängt der Korb mit den Resten des Essens. Die Baumhöhle ist leer bis auf ein Comic-Heft, das zusammengerollt und mit einem Stein beschwert in einer Ecke liegt. Nur Davids Robin-Hood-Pullover fehlt. Sie erinnern sich, daß Krysztoff ihn gestern getragen hat.

Sie suchen lange. Dann sitzen sie zusammen im Graben.

»Wollen wir die Decke hierlassen, Klara?« fragt Andris. »Falls er noch mal wiederkommt?«

Sie lassen die Decke liegen, auch das Comic-Heft, und gehen zurück.

»Vielleicht ist er schon wieder im Haus.«

Jonnie versucht, die traurige Stimmung zu verscheuchen, aber er merkt schnell, daß ihm niemand glaubt. Eigentlich glaubt er sich ja selbst nicht.

Zu Hause sitzen die Erwachsenen unter dem Kirschbaum und frühstücken. Sie haben Krysztoffs Botschaft gelesen. Ob sie nicht damit gerechnet haben, daß man ihn im Wald findet? Jedenfalls werden die Jungen und Klara nicht neugierig erwartet.

»Er war nicht da«, sagt David.

»Weil er ein kluges Kerlchen ist«, sagt Sybille.

Von den anderen sagt niemand etwas.

»Wir werden das Foto abgeben müssen«, erklärt Klara schließlich. »Wer weiß, vielleicht nützt es ihm sogar.«

So richtig verstehen die Jungen nicht, wie das Foto Krysztoff nützen soll. Aber nach dem Frühstück gehen sie zusammen mit Klara zu Herrn Dunkelmann. Er fragt sie gründlich aus, nennt sie sogar »kleine Detektive« und lobt ihre Aufmerksamkeit. Aber eigentlich hatten sie sich alles ganz anders vorgestellt. Es macht nicht so richtig Spaß, die Fragen von Herrn Dunkelmann zu beantworten.

Schließlich gehen sie zurück. Der Tag ist wunderbar, ein richtiger Sommer-Sonnen-Ferientag. Sie können lange draußen spielen. Sie spielen und warten dabei auf Krysztoffs Rückkehr. Aber sie warten vergeblich. Krysztoff kommt nicht zurück.

Es ist eine Woche später, ein Sonnabendmorgen, die Jungen sind zum Bäcker geradelt, um frische Brötchen zu holen, und nun sitzen alle in der Sonne und frühstücken. Alle, außer Andris, der morgens nie Lust hat zu essen und der es vorzieht, einen Rundgang durch den Garten zu machen.

»Meine Radieschen kann man bald essen«, ruft er, und dann: »Da kommt der Polizist.«

»Zum Frühstück schon die Polizei. Das hab' ich eigentlich nicht so gern«, sagt Sybille. Aber sie beibt doch sitzen und sieht mit den anderen Herrn Dunkelmann entgegen, der gleich darauf mit dem Fahrrad auf den Hof gekurvt kommt. In der Hand schwenkt er eine Zeitung.

»Hier, ich hab' was für euch«, ruft er, während er abspringt und das Rad gegen einen Baum lehnt.

»Man hat sie erwischt.«

Sichtlich stolz legt er die Zeitung auf den Tisch und nimmt auf Andris' Stuhl Platz. Die Jungen sehen sich an. David ist ganz blaß geworden. Jonnies Augen sind rund vor Schreck. Andris, der neugierig angelaufen kommt, bleibt stumm neben Herrn Dunkelmann stehen.

»Lies mal vor«, sagt Jonnies Vater zu Klara, die die Zeitung als erste geschnappt hat. Und Klara liest:

AUTODIEBSTÄHLE VOR DER AUFKLÄRUNG?
Am Donnerstagabend gelang der Hamburger Polizei ein möglicherweise großer Fang. In der Nähe des Hafens, unweit der Stelle, an der vor einigen Wochen ein polnischer Staatsangehöriger in einem Luxuswagen in die Luft gesprengt wurde, nahm sie zwei Polen fest, die in dringendem Verdacht stehen, Mitglieder einer Bande von Autodieben zu sein.
Auf das Konto der Bande sollen Autodiebstähle im Wert von mehreren hunderttausend Mark kommen. Die Männer konnten auf Grund von Hinweisen aus der Bevölkerung entdeckt und so lange beobachtet werden, bis sie auf frischer Tat gefaßt wurden.

Klara legt die Zeitung zur Seite. Niemand sagt etwas.

»Na«, strahlt Herr Dunkelmann, »da werden Sie ja Ihren Wagen vielleicht bald wieder haben.«

»Ja«, antwortet Klara, »möchte noch jemand Kaffee?«

Man merkt, wie gern Herr Dunkelmann über die Sache reden möchte. Er erbietet sich sogar, für die Jungen wegen einer Belohnung bei der Polizei nachzufragen. Aber niemand geht so recht auf sein Reden ein.

»Ja, dann wollen wir mal den Tisch abräumen«, sagt irgend jemand schließlich. Und Herr Dunkelmann begreift endlich, daß die Leute hier unter sich sein möchten.

»Ich dachte ja nur, es interessiert Sie vielleicht«, brummelt er, während er seine Hosenbeine zusammenklammert und sich auf sein Rad schwingt.

»Ja, wie man sich doch täuschen kann«, murmelt Sybille.

Aber kaum ist Herr Dunkelmann um die Ecke, da sieht man, daß sie sich getäuscht hat.

Alle greifen gleichzeitig nach der Zeitung. Andris' Vater bleibt Sieger und liest den Artikel noch einmal vor. »Nein, von Krysztoff steht wirklich nichts drin«, sagt er, als er die Zeitung zurücklegt. »Vielleicht hat er es geschafft, nach Hause zu trampen. So wie er es vorhatte.«

Die Tage auf dem Land bleiben schön.

Hin und wieder kommt Sinje vorbei. Andris darf sein fertiges Zimmer beziehen, Jonnie kann endlich wieder ungestört auf dem Hochbett sitzen und nachdenken, und Davids Vater macht eine große Radtour mit den Kindern. Aber über der letzten Ferienwoche liegt trotz allem so etwas wie Trauer.

Wenn Jonnie nachdenkt, dann denkt er ganz sicher über Krysztoff nach. Und wenn David in der Hängematte liegt und liest, dann liest er ganz sicher keine Detektivbücher. Er kann sie nicht mehr leiden. Nur Max ist so fröhlich, als sei nichts geschehen. Aber er ist ja noch klein.

»Er hat es ganz bestimmt geschafft«, sagt Andris manchmal, um seine Freunde zu trösten. Und hin und wieder gehen sie zu dritt in den Wald und sitzen eine Weile im Baumhaus oder vor der Höhle. Aber im Grunde sind sie froh, als die Ferien zu Ende gehen und die Schule wieder anfängt.

Inhalt